Man kann nicht verhindern, dass das Herzblut fließt.
Maria Lassnig

1

Also es war so: Wir haben nämlich einen Feldhasen gesehen. Und zwar bei der großen Kehre, wo der Forstweg in den Wald mündet. Genau da ist er gesessen, seelenruhig. Leise rennen, habe ich zu den anderen gesagt, der spürt uns über den Boden. Die Hasen sind wie die Indianer, so hat es uns der Opa erklärt, über die Läufe können sie alles fühlen. Aber der Chrissy und der Stofi sind gleich wie die Wilden auf ihn los, komplett ohne Indianergespür. Nur mein Bruder hat sich daran gehalten, und die kleine Schwester vom Stofi auch. Aber der hätte man sagen können: Hüpf in die Luft und bleib stehen, und sie hätte es getan. Wenn sie kleiner sind, machen Mädchen alles, was man ihnen sagt. Fast alles, um genau zu sein. Beim Küssen ist das anders, aber dazu komme ich später noch.

Wie der Chrissy und der Stofi mit vollem Karacho auf ihn zugeschossen sind, ist der Hase Hals über Kopf davongerannt wie der ärgste Formel-1-Fittipaldi. Dem Emerson Fittipaldi haben wir bei jedem Grand-Prix-Rennen die Daumen gedrückt, eigentlich nur wegen seinem lustigen Namen, wo man sich sofort hat denken können: Der ist ein richtig schneller Rennfahrer. Und immer, wenn wir einen Hasen laufen gesehen haben, haben wir gesagt: Schau dir den Fittipaldi an! Das heißt, jetzt haben mein Bruder und ich gar nichts gesagt, sondern uns geärgert, dass die Blutsbrüder wieder einmal sämtliche Indianerregeln über Bord geworfen haben.

Jedenfalls war Staatsfeiertag, und da hat es wie jedes Jahr diese Wanderung gegeben. Kinder, Eltern, Großeltern, Tanten und Onkel, alle sind wir gemeinsam aufgebrochen, und am Ende waren wir Kinder meistens die ersten am Ziel, weil wir am liebsten gerannt sind bis zum Umfallen. Die Eltern sind oft mitten am Weg oder im Wald stehen geblieben, wo man zuerst nicht gewusst hat: Haben sie vielleicht etwas verloren und suchen danach, weil sie gar so lange auf einem Fleck zusammenstehen. Aber meistens haben sie nur über irgendetwas wahnsinnig Langweiliges geredet, und da hat es eh keinen Sinn gehabt, auf sie zu warten.

Wir sind zwar noch nicht die Allergrößten, aber in der Natur rund um unser Städtchen kennen wir uns tausendmal besser aus als alle Erwachsenen zusammen. Das ist unser Revier, und wenn ich WIR sage, dann meine ich WIR, also neben dem Chrissy und dem Stofi und seiner Schwester eben mich und meinen Zwillingsbruder. Wir haben auch Namen, falls ihr das wissen wollt, ich bin der Lukas und er ist der Markus. Das ist wegen unserer Oma, weil sie an den lieben Gott glaubt wie niemand sonst, und deshalb haben wir Namen, die praktisch direkt aus der Bibel kommen. Außer unserer Oma nennt uns allerdings kein Mensch so, immer nur: die Zwillinge, oder manchmal hinter unserem Rücken: die siamesischen Kater. Aber wehe, wenn wir davon Wind bekommen, dann gibt es wirklich Saures, weil wir sind eben zwei, und da hat niemand auch nur den Funken einer Chance.

Der Wanderweg ist schnurstracks durch den Opawald gegangen. So haben ihn eigentlich nur mein Bruder und ich genannt, weil unser Opa dort früher jagen gegangen ist. Jetzt hängen seine drei Gewehre leider nur mehr im verschlossenen Schrank. Manchmal lässt er uns über die Läufe seiner Büchsen streichen oder durch das Zielfernrohr schauen. Das ist immer blitzsauber, weil der Opa putzt die Gewehre immer noch einmal in der Woche. Natürlich haben wir ihm versprechen müssen, dass wir es den Eltern nicht erzählen. Das müsst ihr verstehen, hat der Opa zu uns gesagt, das ist, weil sie Angst um euch haben und selber nie einen Krieg erlebt haben. Sie wissen gar nicht, wie es ist, wenn man Aug in Aug dem Russen gegenübersteht. Bock ist Bock und Mensch ist halt doch Mensch, hat der Opa gesagt, und der Russe ist durchaus ein Mensch wie wir und kein Vieh. Dann hat er geseufzt, und wir haben gemeinsam mit ihm den Jagdkatalog anschauen dürfen, den ihm die Firma Kettner immer noch einmal im Jahr geschickt hat. Für den Herrn Kettner ist der Opa auf immer und ewig ein Jäger. Den Jäger legst du nie ab, hat der Opa gesagt, das ist ja nicht bloß Schießen, das ist von vorn bis hinten alles, was mit Wald und Natur und Liebe zur Heimat zu tun hat.

Obwohl der Opa schon lang nicht mehr jagen gegangen ist, ist er immer noch jedes Wochenende und bei jedem Wetter durch seine Wälder gestapft. Und da haben wir ihn manchmal begleiten dürfen. Als Jäger musst du dein Revier blind kennen, hat der Opa jedes Mal zu uns gesagt. Dann hat er den Finger auf die Lippen gelegt und geflüstert: Seid still jetzt und schließt die Augen. Und nach einer Weile haben wir die Stimme vom Opa noch eine Spur leiser flüstern gehört: Horcht genau auf alles und atmet durch die Nase! Die Gerüche werden euch leiten, das ist wie beim Indianer. Ein Jäger ist im Grunde nichts anderes als ein weißer Indianer, hat der Opa gesagt, und wir haben stolz geschwiegen, wie echte Blutsbrüder.

Jedenfalls sind wir nach der Hasenflucht ziemlich schnurstracks weitergewandert. Den Weg haben wir ja gekannt, aber gemeinsam mit den anderen Kindern ist es immer irgendwie neu und anders und aufregend gewesen. Plötzlich hat sich der Chrissy vor uns aufgestellt, den rechten Arm wie eine Schranke in die Luft gehalten und geschrien: „Ab hier gelten unsere eigenen Gesetze!“ Auf „Eins zwei Fittipaldi“ sind wir auf ihn zugerannt und haben gejauchzt und gekreischt. Der Chrissy ist so stramm dagestanden wie ein Grenzsoldat beim Eisernen Vorhang und hat recht ernst dreingeschaut. Wir haben gleich die blödesten Grimassen geschnitten, damit er endlich wieder zu lachen anfängt. „Hört auf! Ich meine es ernst!“, hat er geschrien und ist beleidigt weitermarschiert. Also sind wir ihm nach, er war ja unser Blutsbruder.

„Der will sicher nur unser Anführer werden“, hat uns der Stofi zugeraunt. Der Chrissy war unser

Freund, aber oft nur, solang er den Ton angeben hat dürfen. Wenn wir einmal was anderes spielen wollten als er, hat er so getobt, dass wir richtig Angst gekriegt haben. Dann ist er mit hochrotem Kopf weggelaufen und erst nach ein paar Tagen wieder aufgetaucht. Wenn man ihn gefragt hat, wo er denn die ganze Zeit gesteckt ist, hat er immer gesagt: „Ich war krank im Bett." – „Jetzt ist er wieder krank", haben wir gesagt, wenn er wutschnaubend davongelaufen ist. Sonst hat er aber jede Gaudi mitgemacht. Und wenn er ein Spiel geschenkt bekommen hat, hat er es immer mit uns geteilt. Der Chrissy hat mit Abstand die meisten Geschenke bekommen, weil er ein Einzelkind war und ein Scheidungskind noch dazu. Da haben sich doch alle sehr bemüht, dass er trotzdem ein schönes Leben hat, und das ist auch uns sehr zugute gekommen. „Echte Blutsbrüder teilen alles", hat er verkündet, und er hat sehr darauf geschaut, dass auch alle anderen immer alles mit ihm geteilt haben. Wenn irgendeiner von uns Geburtstag gehabt hat, hat er so lange gestöbert, bis er wirklich alle Geschenke gefunden hat.

„Also das erste, was wir machen müssen, ist, einen Anführer wählen", hat der Chrissy gerufen. Der Stofi hat die Augen verdreht und uns seinen berühmten „Hab ich's nicht gesagt"-Blick zugeworfen. Jetzt hat seine Stunde geschlagen. „Haben eigentlich die fünf Freunde einen Anführer? Oder die drei Fragezeichen?", hat er den Chrissy gefragt. „Eine Bande ohne Anführer gibt es nicht", hat der Chrissy mit eisiger Stimme geantwortet. Dann ist er auf einen Baumstumpf gekraxelt und hat von dort mit verschränkten Armen auf uns heruntergeschaut. „So was gibt es einfach nicht", hat er gesagt und dem Stofi einen bösen Blick zugeworfen.

Vielleicht hat er sich insgeheim gewünscht, dass ein Erwachsener kommen und den Stofi ordentlich zurechtstutzen würde. Wenn er sich nicht mehr zu helfen gewusst hat, waren die Erwachsenen seine besten Freunde, obwohl er noch vor zwei Minuten voll über sie hergezogen hat. Wenn er bei uns seinen Willen nicht durchsetzen konnte, ist er gleich zu seiner Stiefmutter gelaufen und hat sich bei ihr ausgeweint. Einmal hat er eine Woche lang jeden Tag seinen Kassettenrekorder vor uns aufgestellt und immer dasselbe Lied abgespielt. „Das ist das beste Lied der Welt", hat er gerufen, „und deshalb will ich es mit euch teilen!" Das Lied hat „Das Auge des Tigers" geheißen und es hat uns auch sehr gut gefallen, nach dem zehnten Mal allerdings schon weniger und nach dem hundertsten Mal eigentlich gar nicht mehr. Der Chrissy hat aber nicht und nicht damit aufgehört, und ständig hat er dazu total blöde Boxbewegungen gemacht. Jedenfalls wie er einmal auf dem Klo war, haben wir die Kassette aus dem Kassettenrekorder herausgenommen. Der Stofi hat sie in seinen Händen gehalten, und wir haben ganz vorsichtig am Band zu ziehen begonnen, bis das Band irgendwann ganz herausgezogen war. Danach mussten wir dem Chrissy von unserem Taschengeld eine neue Kassette mit seinem Lieblingslied kaufen, was uns schon sehr schwer gefallen ist. Wenigstens hat er es dann nur mehr alleine in seinem Zimmer gehört.

„Dann wechseln wir uns ab“, hat der Chrissy in die Stille hinein gesagt, mit so einer komischen Stimme, wie von einem Gespenst. „Jeder von uns darf Anführer sein, aber immer nur eine halbe Stunde, dann kommt der nächste dran, und Mädchen sind natürlich ausgeschlossen“, hat er gesagt. Und obwohl wir keine Lust auf dieses blöde Anführer-Spielen hatten, haben wir eingewilligt, weil wir endlich weiter wollten, tiefer in den Wald hinein, wo die wirklichen Abenteuer auf uns gewartet haben.

2

Wenn man die Leute nach der schönsten Jahreszeit fragt, wetten, dass alle antworten: Sommer natürlich, was sonst? Und im Prinzip ist es ja wirklich so: Eis essen ohne Ende, mit dem Fahrrad wild durch die Gegend kurven, Nachtwanderungen und tausend andere Dinge, all das gibt es eben nur im Sommer. Ich sage trotzdem: Herbst, allein schon wegen dem Wald. „Im Herbst, da fällt der Wald zu Boden", sagt der Opa immer. Was da alles herunterfällt, das findest du sonst im Leben nicht. Im Herbst ist der Wald eine einzige Schatztruhe, und wer mit offenen Indianeraugen durchgeht, der findet alles, was er braucht.

Der Staatswandertag war eben auch deshalb so super, weil er im Herbst stattgefunden hat. Wir haben uns jedes Jahr schon lange vorher darauf gefreut und uns einen neuen, noch größeren Rucksack gewünscht, damit wir möglichst viele Waldschätze mit nach Hause nehmen konnten. Am Staatsfeiertag ist damals nach dem Krieg der letzte Russe in den Zug gestiegen auf Nimmerwiedersehen. So haben es uns die Erwachsenen jedenfalls erklärt. Der Russe hat anscheinend noch mit seiner Mütze traurig aus dem Zugfenster gewinkt, wie er endlich abgefahren ist. „Ab nach Sibirien", haben die Leute gerufen und ihre Hüte geschwenkt, und der Russe hat gelacht und zurückgewinkt. Da sind die Leute dem Zug nachgelaufen, haben mit ihren weißen Taschentüchern gewachelt und wieder und wieder „Ab nach Sibirien“ gebrüllt. Angeblich sind diesem Russen sogar die Tränen gekommen, und fast wäre er aus dem Zugfenster geklettert vor lauter Rührung. Aber der Staatsvertrag hat ihm das verboten. So haben wir es in der Schule gelernt, dass der letzte Russe wegen dem Staatsvertrag abfahren musste, obwohl es ihm in Österreich eigentlich sehr gut gefallen hat und er angeblich schon drauf und dran war, eine Österreicherin zu heiraten. Die waren aber eh mehr an den Amerikanern interessiert, weil die Amerikaner waren nicht nur fescher als die Russen, sondern auch reicher. Die Russen waren nur beliebt wegen ihrem Singen und Tanzen. Da haben sie jedes Mal ein paar Punkte gut gemacht auf die Amis, wenn sie bei einem Fest so richtig losgelegt haben mit ihren tiefen Stimmen und fliegenden Beinen. Und da hat der Ami im Prinzip nur mehr eine Chance gehabt, wenn er mit der Schokolade, den Strumpfhosen und den Zigaretten herausgerückt ist. Oft haben wir uns gedacht: Da wären wir gern einmal dabei gewesen, vor allem wegen der Schokolade und dem Singen. Aber jedes Mal, wenn wir das gesagt haben, ist der Opa richtig ernst geworden und hat geschrien: „Ihr wisst überhaupt nicht, wie gut es euch geht, ihr Lausbuben!“ Meistens hat er dann eh bald wieder gelacht und die nächste lustige Geschichte vom Ami und vom Russen erzählt.

Das mit dem Krieg war jetzt doch schon ziemlich lange her. Und trotzdem haben sich der Ami und der

Russe seither ein bisschen bedroht mit Atomwaffen und so weiter. Da ist es immer hin und her gegangen, manchmal mehr, manchmal weniger, aber zu trauen war weder dem einen noch dem anderen. Noch wichtiger als diese ganze Ami-Russen-Sache war aber der Herbst, weil da sind wir ausgerückt wie die ärgsten Urwaldmenschen und haben alles eingesammelt, was in unseren Rucksäcken Platz gehabt hat. Zuhause haben wir die Beute im Kinderzimmer auf einer Decke ausgebreitet, und dann ging der Handel los. Wir haben das „Waldbasar" genannt, weil nur Dinge gehandelt werden durften, die aus dem Wald stammten, und auch nur solche, die wir selber gefunden haben. Meistens waren es Waffen, ich meine, natürlich nicht irgendwelche Atombomben, sondern eben Waldwaffen. Kastanien, Nüsse und Tannenzapfen zum Beispiel. Am beliebtesten waren die Steinschleudern, also Astgabeln, die nicht gleich abgebrochen sind, wenn man einen Gummi draufgespannt hat. Da hat man dann die Kastanien als Munition benützen und richtig weit schießen können. Das hat man natürlich üben müssen, und die größeren Buben haben einem gegen ein bisschen Waldmunition gern Nachhilfe gegeben.

Wie wir endlich tief genug im Wald waren, haben wir gleich begonnen, den ganzen Boden nach brauchbarer Munition abzusuchen. Der Chrissy hat sich da immer in das reinste Trüffelschwein verwandelt und die größten Kastanien und schönsten Ruten gefunden. Aber auch der Stofi hat auf einmal so gebuddelt, dass das Laub und der Dreck nur so gespritzt haben. Da hat der Chrissy geschrien: „Schaut euch den Eber an, wenn der nichts findet, fresse ich zehn Kastanien!“ Dann hat sich der Stofi plötzlich wirklich auf den Boden geworfen, laut gegrunzt und mit dem Kopf im Laub gewühlt. Wie ein Pfitschipfeil ist Chrissy hingeschossen, hat sich auf den Rücken vom Stofi gesetzt, ihm auf den Hintern geklopft und geschrien: „Schneller, schneller, du Sau!“ Auf einmal ist der Stofi so wild nach vorne gesprungen, dass es den Chrissy voll auf seinen Hintern gesetzt hat. Und sofort hat er den ärgsten Lachanfall bekommen. Da sind wir alle zu ihm hin und haben ihn mit Laub zugedeckt. Der Chrissy hat sich tot gestellt. Irgendwann hat er gestöhnt: „Im Wald stirbt es sich am schönsten!“, hat seine Hände so totenmäßig über dem Bauch gefaltet und laut zu schnarchen begonnen.

„Mein Opa hat wirklich so laut geschnarcht, bevor er gestorben ist“, hat der Chrissy gesagt und es noch einmal besonders laut vorgeführt. „Das war, weil er bis zum Schluss geraucht hat, obwohl der Arzt es ihm schon längst verboten hat.“ „Der Arzt raucht ja selber wie blöd“, hat der Stofi gesagt. „Mein Vater sagt immer: Der Doktor legt die Zigarette höchstens weg, wenn er dir eine Spritze verpasst.“ Wenn man beim Doktor in der guten Stube gelandet ist, hat man ihn wirklich oft gar nicht gesehen vor lauter Rauch. Und wenn man zum Beispiel einen starken Husten gehabt hat, dann hat er immer gesagt: „Rauch halt nicht so viel, du kleiner Lausbub!“ Im Prinzip hat der Doktor zwei Mittel gehabt, um die Leute gesund zu machen:

Erstens hat er einen Witz erzählt. Und wenn das gar nichts genützt hat, dann hat er zweitens seine Spritze ausgepackt und gefragt: „Wohin willst du sie? In den Hintern oder in den Hals?“ Da haben dann auch die scheinbar Todkranken praktisch Flügel bekommen und sind aus der Ordination geflohen. Das war bei unserem Doktor nicht viel anders als beim Jesus in der Bibel, nur dass der, glaube ich, selten Witze gemacht hat.

„Der Doktor ist ein Raubein, aber wenn du wirklich krank bist, dann ist er der reinste Engel“, so haben es die Erwachsenen gesagt, und so war es auch. Er hat blitzschnell das haargenau richtige Medikament auf einen Zettel geschmiert oder eben die überlebensnotwendige Untersuchung eingeleitet. Da haben sich die Leute absolut darauf verlassen können. Gegen den Tod war aber auch unser Doktor machtlos. Und das hat ihn manchmal so fertig gemacht, dass er seine Ordination tagelang zugesperrt hat und praktisch nur mehr im Wirtshaus gesessen ist. Auch da hat er nur geschwiegen, bis er nach ein paar Tagen endlich, endlich einen Witz erzählt hat. Da haben die Leute gewusst, jetzt ist er wieder der Alte, und haben ihm fröhlich zugeprostet.

Beim Sterben jedenfalls war der Stofi in seinem Element. Der hat sich oft mit so komischen Sachen beschäftigt, und ab und zu hat er uns dann einen kleinen Vortrag gehalten. Jetzt hat er mitten in die Stille hinein gesagt: „Stellt euch vor, wir treffen einen Räuber im Wald und schießen ihm mit der Steinschleuder eine Kastanie auf den Kopf. Die landet genau auf seiner Schläfe und zackbumm, fällt er um. Was würdet ihr tun? Wegrennen oder helfen?" „Im Laub eingraben würde ich den Arsch, damit ihn die Ameisen fressen!", hat der Chrissy geprustet. Der Stofi hat es aber sicher nicht lustig gemeint. Meistens hat er alles genau so gemeint, wie er es gesagt hat. Das Blöde war nur, dass wir oft nicht wussten, was er eigentlich meint. Ein bisschen sind wir uns vorgekommen wie in der Schule, wenn wir eine neue, praktisch unlösbare Aufgabe bekommen haben. Das haben die Lehrer gemacht, damit wir nicht vergessen, dass sie doch klüger sind als wir. Aber der Stofi war eben kein Lehrer, der hat solche Dinge gesagt, weil er schon immer darüber nachgedacht hat. „Ich bin Denker seit Geburt", hat er oft mit tiefer Stimme gesagt, und wir haben einen stundenlangen Lachanfall gekriegt, aber irgendwie hat es auch gestimmt.

„Dann stell dir einmal vor, wie das ist mit den Ameisen", hat der Stofi plötzlich zum Chrissy gesagt. „Ich meine, wie sie ihm in die Ohren kriechen, in den Mund und von mir aus auch in den Arsch, jedenfalls wie sie dann beginnen, ihn langsam von innen aufzufressen. Oder wie sie die Organe abtransportieren, zum Beispiel das Herz ..." „Hör sofort auf damit", hat plötzlich die Schwester vom Stofi geschrien. Bis dahin ist sie einfach nur dagehockt und hat still zugehört. Aber jetzt hat es ihr gereicht. Der Stofi ist einfach liegen geblieben und hat geschwiegen. Vielleicht hat er es auch ein bisschen genossen, dass sie sich plötzlich so fürchtete. Sie hat am ganzen Leib gezittert. Und er hat wirklich weiter nichts tun müssen als schweigen. Da ist mir eingefallen, dass der Opa einmal erzählt hat, wie das im Krieg war. Dass nämlich nicht das ganze Schießen das Schlimmste war, sondern die Stille vor oder nach einer Explosion, wenn man gerade im Schützengraben gelegen ist. „Da habe ich manchmal nicht mehr gewusst, ob ich noch lebe", hat der Opa gesagt, und das haben wir uns eigentlich gar nicht vorstellen können. Abgesehen davon, dass uns die Kanonen und Maschinengewehre natürlich mehr interessiert haben, wenn sie in Betrieb waren. Und da war der Opa dann auch gleich wieder viel fröhlicher, wie wir wollten, dass er uns zum ungefähr hundertsten Mal vom Kanonenstopfen und vom Ohrenzuhalten und so weiter erzählt.

Plötzlich ist der Chrissy aufgesprungen und hat geschrien: „Hilfe, die Ameisen kraxeln in mich hinein!" Dann hat er sich wie wild geschüttelt. Das war eigentlich schon wieder ganz lustig, aber beim Chrissy hast du nie gewusst, ob er nicht gleich alles kurz und klein schlägt. Jedenfalls sind wir alle wie die ärgsten Indianer-Pfitschipfeile in die Höhe geschossen und haben uns geschüttelt und geklopft bis zum Umfallen. „Ahh, jetzt hat mich auch noch eine gebissen", hat der Chrissy geschrien. „Verdammtes Ameisenluder, dich bringe ich um, wenn ich dich erwische!" „Ameisen beißen nicht, sondern brunzen", hat darauf der Stofi geschrien, und dann war sowieso die Hölle los, im Sinn von: Lachsalven ohne Ende.

3

Unsere Burg ist irgendwann vor tausend Jahren sicher wunderschön und furchterregend gewesen, aber jetzt ist sie eine ziemliche Bruchbude. Auf den Mauern wächst das Gras, und die Steine bröckeln heraus wie die morschen Zähne aus dem Gebiss eines uralten Mannes. Andererseits wiederum hat es kaum etwas Gemütlicheres gegeben als so ein richtiges Burgverlies. Wenn wir uns im Kinderzimmer oder im Garten eine Höhle gebaut haben, ist schnell einmal ein Erwachsener dahergekommen und hat gesagt: „Was seid ihr denn für Neandertaler?“ Aber wenn er sich einmal zu uns in die Höhle gesetzt hat, bringst du ihn am Ende fast nicht mehr hinaus, weil es ihm so gefällt.

Jetzt hat es aber nicht nur die erwachsenen Verlies-Liebhaber gegeben, sondern eben auch die Wilden. Das heißt, es waren natürlich keine echten Wilden, die in Höhlen sitzen und sich praktisch nur von rohem Fleisch ernähren. Irgendwo auf der Welt wird es wohl noch welche geben, in Afrika vielleicht oder in Asien, aber bei uns sind sie schon lange ausgestorben. Unsere Wilden haben sich eben ein bisschen so aufgeführt, wie wenn sie den lieben langen Tag in Höhlen leben würden. Das heißt, eigentlich stehen sie den ganzen Tag herum und starren vor sich hin. Nur wenn jemand bei ihnen vorbeikommt, beginnen sie zu schimpfen und zu fluchen. Von den Wilden hat man sicher nichts lernen können, sie waren das schlechteste Beispiel überhaupt, so haben es uns jedenfalls die Eltern gesagt. Aber eines hat man ihnen lassen müssen: Wenn man ihnen begegnet ist, hat man immer die lustigsten und gemeinsten Schimpfwörter aller Zeiten kennen gelernt. Die haben wir natürlich nur unter uns Kindern verwendet, weil wenn unsere Eltern sie gehört hätten, dann hätten wir wohl mindestens drei Wochen Hausarrest ausgefasst. Manchmal haben sich die Wilden im Burgverlies getroffen, wobei niemand genau gewusst hat, was sie dort wirklich getrieben haben. Und ich muss zugeben, dass das die Wilden für uns erst so richtig interessant gemacht hat. Jedenfalls haben uns die größeren Buben in der Schule einmal von den Verlies-Treffen erzählt. Dass die Wilden dort Schwarze Messen feiern, wo sie sich mit Hühnerblut anschmieren und den Teufel anbeten zum Beispiel, und dass sie sich ansaufen bis zum Umfallen und sich gegenseitig blutig prügeln, und nachher sind sie wieder die besten Freunde.

Außerdem war da noch die Geschichte mit den Totenschädeln. Anscheinend haben sie einmal einen aufgelassenen Friedhof umgegraben und die ganzen Schädel und Knochen von dort mit ihren Mopeds auf die Burg gebracht. Blöderweise ist aber einem Wilden bei der Mopedfahrt das Plastiksackerl gerissen, und da haben sich die Knochen Stück für Stück auf die Fahrbahn verabschiedet. Die Polizei hat der Knochenspur nur nachfahren müssen. Dann haben sie die

Wilden beim Verhör so in die Mangel genommen, dass die gleich mehr oder weniger jedes unaufgeklärte Verbrechen der letzten fünf Jahre gestanden haben. Zum Beispiel auch das mit den umgeschmissenen Grabsteinen und den verkehrt in die Erde gesteckten Kreuzen am Dorffriedhof, wo man zuerst auch nicht gewusst hat, wer das war. Seither haben wir jedes Mal einen großen Bogen gemacht, wenn wir einem von den Wilden im Dorf begegnet sind. Und in Burgverliesen sind wir doppelt vorsichtig gewesen, deshalb haben wir uns auch diesmal in lupenreiner Indianerhocke an die Steintreppe zum großen Verlies herangepirscht. Von unten waren Geräusche zu hören, und das hat normalerweise bedeutet: sofort umkehren und die Lage von außen erkunden. Andererseits sind wir jetzt erst richtig neugierig geworden und indianermäßig leise die Treppe hinuntergeschlichen.

In der Mitte des Verlieses hat ein Lagerfeuer geglost. Ringsum sind die Wilden gelegen wie die Jünger am Ölberg, friedlich schnarchend zwischen leeren Bierflaschen und verkohltem Staniolpapier. Sieben haben wir gezählt, und alle haben sie gleich ausgeschaut, mit langen Haaren und von oben bis unten beschmierten Jeansjacken. Da sind die ärgsten Zeichnungen drauf gewesen: Teufelsfratzen, aber eben auch ein nackter Busen. Der war echt gut gezeichnet, das hätte ich den Wilden gar nicht zugetraut. Der Chrissy hat sich gleich vor uns hingestellt und mit seinen Händen einen Busen geformt und wie das ärgste Weib mit dem Hintern gewackelt. Wir haben uns echt überall zwicken müssen, damit wir nicht losprusten vor lauter Lachen. Und dann haben wir bemerkt, dass sie alle mit diesen Totenschädeln gekuschelt haben, jeder mit seinem eigenen, wie mit den gemütlichsten Kopfpolstern der Welt.

Am lustigsten war das Geschnarche. Sobald einer damit fertig war, hat schon der nächste angefangen, und alle zusammen haben sich angehört wie das reinste Symphonie-Orchester. Der Chrissy hat mit seinen Händen gefuchtelt wie ein richtiger Dirigent, und da haben wir uns wieder ohne Ende zwicken müssen, so super hat das ausgeschaut. Und dann hat er sich die Hände gerieben, dass man gewusst hat: Jetzt denkt er sich gerade was richtig Gemeines aus. „Die werden noch an uns denken", hat er geflüstert. „Also: Wir stehlen denen jetzt einen Schädel und ein paar Knochen. Dann schleichen wir uns zum Mauerloch am anderen Ende des Verlieses und lassen den Schädel dort auftauchen und tanzen und machen alle gemeinsam den ärgsten Geisterlärm. Wetten, dass sie vor lauter Angst auf und davon laufen? Und wenn wir vom Wandern zurück sind, erzählen wir den Erwachsenen von unserem Knochenfund. Wetten, dass dann mindestens die Polizei kommt und alles aufdeckt? Und was glaubt ihr, wer dann in der Zeitung steht als wahre Helden?" Ich muss sagen, dass sich der Chrissy das Ganze im Nullkommanichts wirklich super ausgemalt hat. „Aber was passiert, wenn die uns erwischen? Dann prügeln sie uns vielleicht windelweich", habe ich geflüstert. „Oder sie ziehen uns die Haut ab, kochen uns in einem Kessel und schlafen dann das nächste Mal auf unseren Schädeln“, hat mein Bruder hinzugefügt. Das hat dem Chrissy natürlich gar nicht gepasst, dass wir seine Idee nicht ganz so gut gefunden haben. Aber so ist das eben mit Ideen: Am besten findet man sie immer selber, und es ist auch am besten, wenn man sie ganz alleine und sofort in die Tat umsetzt, dann braucht man nicht lange diskutieren. Nur das mit dem Schädel hat sich der Chrissy natürlich alleine nicht zugetraut, und deshalb ist er wutrot angelaufen. Jetzt fängt er bald zu schreien und zu toben an, und dann ist er nicht mehr zu halten, habe ich gedacht. Und als nächstes werden die Wilden wach, und was dann?

Aber der Chrissy hat weder getobt noch geschrien, sondern nur kurz über die Schulter geschaut. „Na gut, dann wenigstens den Schädel“, hat er gesagt. Wir haben zuerst nicht recht verstanden. „Ich helfe dir“, hat plötzlich die Schwester vom Stofi geflüstert, und so schnell haben wir gar nicht schauen können, wie die beiden praktisch wie ein Herz und eine Seele in das Verlies geschlichen sind. Der Chrissy hat den Kopf von einem der sieben Wilden vorsichtig angehoben, und die Schwester vom Stofi hat den Schädel ebenso vorsichtig hervorgezogen. Dann sind sie auf Zehenspitzen zu uns zurückgekommen. Die Augen vom Chrissy haben geglänzt wie zwei Christbaumkugeln. „Und ihr nehmt jetzt noch so viele leere Bierflaschen mit, wie ihr tragen könnt“, hat er im ärgsten Befehlston gedonnert. Irgendwie hat es auch nach einem ziemlich guten Plan geklungen, und darum haben wir und der Stofi auch ziemlich sofort und natürlich indianermäßig leise ein paar Bierflaschen eingesammelt. Dann sind wir auf den leisesten Sohlen aller Zeiten wieder die steile Treppe ins Freie hinaufgeschlichen.

„Jetzt sag endlich, was du vorhast“, hat der Stofi den Chrissy angeschnauzt, wie wir wieder an der frischen Luft waren. Der war zwar vom Stiegensteigen noch ein bisschen außer Atem, aber im Prinzip ist er fast geplatzt vor lauter Stolz. „Also: Ich weiß jetzt, wie wir sie richtig erschrecken können. Wir nehmen die Bierflaschen und auf drei-zwei-eins-null schmeißen wir sie in den Keller hinunter. Dann rennen wir so schnell wie möglich auf den Turm rauf und verstecken uns, weil von dort aus können wir alles beobachten. Sobald sie abgezogen sind, kommen wir wieder runter und hauen ab.“ „Und was machen wir mit dem Schädel?“, hat die kleine Schwester vom Stofi gefragt. „Den nehmen wir mit, als Pfand“, hat der Chrissy geantwortet. „Den kannst du aber selber schleppen, die Kleine schafft das nie“, hat der Stofi gesagt. Und schon hat der Chrissy ihr den Schädel aus den Händen gerissen. „Ist eh kein Spielzeug für kleine Mädchen“, hat er gesagt und gegrinst. Da war er eben schon wieder ganz der alte Weiberfeind, so wie wir ihn kannten.

Jedenfalls haben wir uns dann auf der obersten Stufe in einer Reihe aufgestellt. Der Chrissy hat sich geräuspert wie ein Schiedsrichter und langsam von drei runtergezählt. Bei „Null“ haben wir geworfen, und ich muss sagen, es hat relativ lange gedauert, bis es geklirrt und geklimpert hat, aber dann dafür gleich volles Rohr. Am liebsten hätten wir uns diese schöne Krachmusik noch ein bisschen angehört, aber ab jetzt hat jede Sekunde gezählt, ganz wie im Krimi.

4

Praktisch bei jedem Burgbesuch haben wir einen Wettlauf auf den Turm veranstaltet. Auf „Eins zwei Fittipaldi" sind wir die 132 Stufen hinaufgerannt. Wobei eigentlich sind es ja doppelt so viele, weil es eine doppelte Wendeltreppe ist. Und das macht das Rennen noch interessanter, wegen dem Drehwurm, den man mit der Zeit kriegt. Oft hat einer auf den letzten Stufen schon wie der sichere Sieger ausgeschaut, und plötzlich ist ihm komplett schwarz vor den Augen geworden, und er hat keinen geraden Schritt mehr vor den anderen setzen können.

Ein bisschen ähnlich ist es uns jetzt ergangen, wie wir mit Vollgas den Turm raufgerannt sind, nur dass es halt kein Wettlauf war, sondern eine lupenreine Flucht, wo man gewusst hat, dass alle zusammenbleiben müssen. Und der Chrissy ist halt echt nicht der Schnellste gewesen, wenn es ums Laufen ging. Irgend wie hat er es dann doch geschafft. „Ich kann nicht mehr, ich kann nicht mehr", hat er gejapst und sich der Länge nach auf den Boden der Aussichtsfläche hinfallen lassen. Trotzdem hat er den Schädel keine Sekunde aus der Hand gegeben, und da haben wir gewusst: Der Chrissy, der alte Schauspieler, ist wieder einmal voll in seinem Element. Und geschnauft hat er wie jemand, der gerade von Bud Spencer verdroschen worden ist.

Jedenfalls haben wir vorsichtig über die Turmzinnen gespäht und geschaut, ob die Wilden schon aus dem Verlies gekommen sind. Und ehrlich gesagt waren wir ein bisschen enttäuscht, dass wir weit und breit keine Menschenseele gesehen haben. „Vielleicht haben sie vor lauter Rausch nichts gehört", hat der Stofi gesagt. „Das kann nicht sein", hat der Chrissy gerufen und plötzlich gar nicht mehr geschnauft. Dann hat er sich an die vorderste Zinne gestellt wie der Burgherr bei einer Belagerung. „Wir warten, bis sie rauskommen, und wenn wir bis in die tiefe Nacht hier oben bleiben", hat er mit eisiger Stimme verkündet. „Vielleicht haben sie selber Angst und trauen sich nicht aus ihrem Loch heraus", hat der Stofi gesagt. Da hat sich der Chrissy umgedreht und ihn angeschaut, wie wenn ihm der Stofi gerade einen Ball in den Rücken geschossen hätte. „Die Wilden fürchten nichts und niemanden, außer vielleicht den Teufel", hat er gebellt. „Blödsinn, den beten sie ja an", hat der Stofi gesagt. Im Prinzip haben die meisten Leute im Dorf einen großen Bogen um die Wilden gemacht. Und trotzdem ist ständig von ihnen geredet worden, und jeder hat praktisch alles über sie gewusst. Ich glaube, wenn die Wilden plötzlich verschwunden wären, dann wäre es richtig fad geworden bei uns im Dorf. Die aber haben die Leute einfach reden lassen, und das hat sie irgendwie auch sympathisch gemacht. Obwohl es gerade das war, was sie eigentlich nicht sein wollten: nett oder höflich oder so.

Unten im Burghof war immer noch nicht die leiseste Spur von ihnen zu sehen. Der Chrissy hat seine Stellung an der vordersten Zinne gehalten, und neben ihm ist der Totenschädel gethront und hat ins weite Land hinausgeschaut. Das hat mich an ein Theaterstück erinnert, „Hamlet“ hat es geheißen. Zuerst habe ich gedacht, das ist was zum Essen, so etwas wie „Kotelett“ oder „Omelett“. Aber dann habe ich herausgefunden, dass das ein Prinz von Dänemark ist. Das hat mir gefallen, wegen Dänemark, weil die so gut waren im Fußballspielen, vor allem der eine Stürmer, der so unglaublich schnell gelaufen ist und Haken geschlagen hat wie der ärgste Fußball-Fittipaldi. Der hat natürlich nicht Hamlet geheißen, aber ein Däne war er auf jeden Fall. Einmal ist das Stück sogar im Fernsehen gelaufen, und da habe ich diesen Hamlet gesehen, wie er einen Totenschädel ausgegraben und mit ihm gespielt hat wie ein Fußballer beim Out-Einwurf. Am Ende hat er auch noch mit ihm gesprochen über Sein oder Nicht-Sein und solche Dinge. Genauso wie dieser Hamlet hat jetzt auch der Chrissy ausgeschaut, wie er seinen Arm um den Schädel gelegt und praktisch mit ihm gemeinsam die Lage betrachtet hat.

Auf einmal ist es gleich noch viel lustiger geworden. Der Chrissy hat nämlich den Schädel in die Höhe gehoben, ihn zu uns gerichtet und so getan, als könnte er sprechen. „Ich sag euch was“, hat er mit Geisterstimme gekrächzt. „Ich sag euch was: Die Wilden kriechen aus ihrer Höhle.“ Wir natürlich sofort schnurstracks zu den Zinnen, aber von den Wilden war noch immer nichts zu sehen. „Ich sag euch was: Es wird nicht mehr lange dauern, und ihr werdet sie aus der Höhle kriechen sehen wie … wie die Zombies!“, hat der Chrissy gesagt, und die kleine Schwester vom Stofi hat es geglaubt. Zuerst war sie noch ganz still und hat sich mit dem Rücken gegen die Zinne gedrückt, damit sie nicht hinunterschauen muss. Aber dann haben ihre Zähne zu klappern begonnen, immer lauter und lauter, bis sich der Chrissy schließlich mit dem Schädel zu ihr gedreht hat. „Fürchtet euch nicht, Kinder“, hat er gesagt wie der Kasperl im Fernsehen, wenn gerade einmal wieder ein Räuber mit dem Prügel hinter ihm gestanden ist. „Wir sind mit den Wilden fertig geworden, also werden wir auch mit den Zombies fertig werden!“

Was dann genau passiert ist, kann ich nicht mehr sagen. Es gibt eben Sachen, die so schnell gehen, dass selbst Superhelden wie der Bud Spencer und der Terence Hill nur mehr mit offenem Mund dastehen und auf ihre Fäuste vergessen. Plötzlich hat sich die kleine Schwester vom Stofi wie die ärgste Bestie auf den Chrissy gestürzt. Vielleicht hat er geglaubt, dass sie ihm den Totenschädel aus der Hand reißen möchte, jedenfalls hat er ihn in die Höhe gerissen, und da ist er ihm aus den Händen geflutscht und in hohem Bogen über die Zinne hinweg in den Burghof geflogen. Und ausgerechnet in diesem Augenblick sind die Wilden aufgetaucht. Und mit „Wumms“ hat der Totenschädel genau vor ihren Füßen eingeschlagen wie eine Kanonenkugel aus den guten alten Ritterzeiten.

„Alle sofort in Deckung“, hat der Chrissy gezischt, und wir haben die Köpfe eingezogen.

Dann ist eine ganze Weile gar nichts passiert. Nach ungefähr hundert Minuten ist doch noch einer von den Wilden zum Totenschädel gegangen, hat ihn in die Hand genommen und zum Himmel aufgeschaut wie der Hamlet. Irgendwann hat er auch zum Turm geschaut, und da haben wir im Nullkommanichts wieder die Köpfe eingezogen. Und wir haben gehofft, dass die Wilden da unten unser Herz nicht ebenso laut pochen hören wie wir in unseren eigenen Ohren. Nicht einmal der Chrissy hat sich jetzt noch etwas zu sagen getraut. Alle haben wir die Lippen zusammengepresst und ungefähr hundert Minuten die Luft angehalten.

Irgendwann haben wir dieses Geräusch gehört, wo wir gewusst haben: Jetzt passiert dort unten wieder etwas, und wahrscheinlich ist es etwas Schreckliches. Es war so ein Schnalzen oder Klatschen, und gleich darauf ein kurzer, spitzer Schrei. Obwohl wir uns gefürchtet haben wie die ärgsten Volksschüler, haben wir unsere Köpfe ganz vorsichtig über die Zinne geschoben. Und da haben wir zum ungefähr hundertsten Mal an diesem Tag unseren Augen nicht getraut: Die Wilden haben Fußball gespielt. Das heißt, natürlich nicht richtig, mit einem Ball und Toren und so, sondern mit dem Totenschädel. Und das hat von oben richtig super ausgeschaut. Weil einer von ihnen hat gespielt wie dieser dänische Fußball-Fittipaldi. Die anderen sind ihm gar nicht nachgekommen und haben die meiste Zeit nur gelacht und sind überhaupt ständig umgefallen. Irgendwann ist es einem von den anderen zu blöd geworden, und er hat den Fittipaldi einfach umgerempelt. Dann ist es erst richtig losgegangen mit der Schlägerei, aber es war von Anfang an klar: Das ist alles rein freundschaftlich.

Wir haben uns echt überall zwicken müssen, damit wir nicht zum Jubeln und zum Johlen anfangen. Am liebsten wären wir runtergelaufen und hätten mitgemacht, aber da haben wir gewusst: Wenn sie uns erwischen, dann werden wir windelweich gedroschen. Der Turm ist jetzt praktisch unser Gefängnis gewesen, und es hat uns nicht sehr getröstet, dass es da oben heller war als im Verlies. Es hat aber nicht lange gedauert, da sind die Wilden wieder dagelegen wie die Jünger am Ölberg, nur eben diesmal nicht auf ihren Totenschädeln, sondern einfach ausgestreckt auf der Wiese. Und bald hat man sie auch schon wieder lauthals schnarchen gehört. „Los, jetzt gehen wir ganz leise runter, und dann türmen wir“, hat der Chrissy geflüstert. Nur der Stofi hat leise gemeckert, dass es ihm schön langsam reicht mit den ewigen Befehlen vom Chrissy.

Da hat es sich echt wieder bezahlt gemacht, dass wir im „Leisetreten“ so in Übung waren. Der Opa wäre stolz gewesen, wenn er gesehen hätte, mit welchem Indianergespür wir an den Wilden vorbeigeschlichen sind. Nur dass halt der Chrissy wieder eine von seinen berühmten Ideen gehabt hat. „Den Schädel nehmen wir mit“, hat er gezischt, wie wir an den Wilden schon fast vorbei und in Sicherheit waren. „Dann hol ihn doch selbst, wenn er dir so wichtig ist“, hat der Stofi gesagt. Da ist der Chrissy schon zurückgeschlichen und hat sich den Schädel geschnappt, der gleich neben dem Fußball-Fittipaldi gelegen ist. Und genau in dem Augenblick schlägt der die Augen auf, ausgerechnet der allerschnellste Wilde überhaupt. „Na, gute Nacht“, hat der Stofi gemurmelt. Und dann ist zum allerhundertsten Mal an diesem Tag etwas Komisches passiert: Der wilde Fittipaldi ist nämlich ganz und gar nicht aufgesprungen und hat auch ganz und gar nicht Alarm geschlagen. Er hat den Chrissy einfach nur angeglotzt. Der hätte eigentlich schon längst wegrennen sollen, und zwar ohne den verdammten Schädel. Stattdessen hat er dem Wilden zugewinkt, ihn angegrinst und einfach nur gesagt: „Gute Nacht!“ „Selber gute Nacht“, hat der Wilde gebrummt. „Und leg den Schädel wieder hin, du kleiner Dreck!“ Dann hat er sich umgedreht und praktisch von einem Augenblick auf den anderen weitergeschlafen.

Wer geglaubt hat, dass der Chrissy sich wenigstens jetzt schleunigst aus dem Staub gemacht hätte, der irrt gewaltig. Er ist dagestanden wie ein versteinerter Hamlet und hat abwechselnd den schlafenden Wilden auf der Wiese und den Schädel in seinen Armen angeglotzt. Jedenfalls hat es uns jetzt gereicht, und deshalb sind wir zu ihm hin und haben ihn weggezerrt. Nach ungefähr hundert Minuten ist er schließlich auf Trab gekommen. Dafür hat er sich jetzt so richtig gefreut über seinen Mut und vor allem über den erbeuteten Schädel.

5

Jetzt sind wir praktisch zu sechst gewesen: fünf Freunde und ein Schädel, wo man nicht genau gewusst hat, war das ein Heiliger, wie er noch gelebt hat, oder vielleicht der ärgste Verbrecher. Der Wald hinter der Burg ist auch immer finsterer geworden, und nicht nur der Wald, sondern auch der Himmel, weil sich der Nebel langsam über alles gelegt hat. Der lässt sich eben Zeit wie unser Opa, wenn er mal wieder stundenlang auf dem Klo sitzt, aber plötzlich taucht er auf, um dann gemächlich zu Boden zu schweben. Das ist wegen dem Fluss und dem Moor und überhaupt der ganzen Feuchtigkeit. Die Bauern sagen immer: Seien wir froh und danken wir unserem Herrgott, dass er den Boden so feucht gemacht hat, damit alles wie wild von selber wächst. Und wirklich, bei uns im Becken gibt es alles, was man sich nur wünschen kann. Den Wirten wiederum hat der Nebel ganz und gar nicht geschmeckt. „Wer soll denn da Urlaub machen bei uns?“, haben sie gerufen, „und wer soll da überhaupt zu uns kommen, wenn man die eigene Hand nicht vor den Augen sieht? Da packt doch keiner die Kinder und die Oma ins Auto und fährt auch nur einen Meter, geschweige denn ins Wirtshaus!“

Was uns aber mindestens genauso beschäftigt hat wie der Nebel, das waren die Weggabelungen. Im

Wald triffst du ja ständig auf einen Baum, und dann geht links ein Weg ab und rechts, und man muss sich entscheiden wie im richtigen Leben. Da haben wir jedes Mal einen kleinen Krieg gehabt, ob links oder rechts, bis wir auf die Idee gekommen sind, dass wir eine Münze werfen. Der Nebel hat uns echt den Rest gegeben, obwohl es andererseits auch wieder schön gespenstisch ausgeschaut hat. Da habe ich an die Geschichte denken müssen, die uns der Opa vom Krieg erzählt hat, wie er mit seiner Kompanie bei ärgstem Nebel losmarschiert ist, und nach ein paar Stunden sind sie wieder genau dort angekommen, wo sie weggegangen sind. Jedenfalls sind wir näher und näher zusammengerückt und haben uns an den Armen gehalten, damit wir uns nicht verlieren. Und weil es so unheimlich still war, hat der Stofi vorgeschlagen, dass wir „Das Auge des Tigers" gemeinsam singen, um die bösen Geister zu vertreiben und um den Chrissy zu beruhigen, weil ausgerechnet der hat am auffälligsten geschwiegen. Das Lied hat er aber jetzt erst recht nicht singen wollen, und deshalb haben wir eben Wanderlieder angestimmt und am Ende die Landeshymne, weil die kennen wir alle von der Schule. Das Bild vom Landeshauptmann hängt ja auch gleich neben dem des Bundespräsidenten, das eine zur rechten und das andere zur linken Seite vom Christuskreuz. „Wie die beiden Verbrecher auf der Schädelhöhe", hat der Opa gesagt, wie er uns einmal von der Schule abgeholt und die Bilder gesehen hat, und dabei hat er gelacht wie ein Lausbub. Über den Bundespräsidenten haben wir nichts gewusst, aber der Landeshauptmann war ein tadelloser Landesvater, der wirklich allen seinen Landsleuten mindestens einmal persönlich die Hand geschüttelt hat, auch uns Kindern, obwohl wir ihn noch gar nicht wählen durften.

Der Nebel ist näher und näher gekrochen. Was für ein Glück, dass der Chrissy seine 100-Watt-Taschenlampe mitgehabt hat. Eine Zeitlang sind wir schweigend und eng aneinander gedrängt gegangen, bis dann die Diskussion um die Morsezeichen losgegangen ist. Das Alphabet haben wir natürlich aus dem Effeff gekannt, aber die Frage war: In welche Richtung sollen wir das S-O-S abschießen? „Im Wald immer nach oben", hat der Chrissy gesagt, und weil er die Lampe nicht aus der Hand gegeben hat, hat er sich hingestellt und den S-O-S-Ruf nach oben gesendet. Still, ganz still sind wir dagestanden und haben auf ein Zeichen gewartet, irgendein Signal oder ein Geräusch, das uns gezeigt hätte, dass wir nicht allein waren. Aber es kam und kam nichts.

Außerdem ist uns schon ziemlich schlecht gewesen vor Erschöpfung. Eine kleine Stärkung hätten wir durchaus vertragen können. Der Wald hätte natürlich einiges hergegeben, aber eben nicht freiwillig. Man hat irrsinnig suchen müssen, die Schwammerl zum Beispiel. „Mit den Schwammerln ist es wie mit den Viechern", hat der Opa gesagt, „das Entscheidende ist nicht die Flinte, sondern die Geduld." Aber wie willst du Geduld haben, wenn der Magen knurrt und du dich fühlst wie in der allerletzten Vorstufe zum

Kinderkoma? „Ich fall gleich ins Kinderkoma, wenn ich nicht bald irgendwas zum Fressen krieg“, hat dann auch prompt der Chrissy gestöhnt, ausgerechnet er, der eigentlich die meisten Fettreserven von uns allen gehabt hat. Aber ich habe gehört, dass gerade die Dicken immer am schnellsten hungrig werden, weil der Magen das überhaupt nicht aushält, wenn er leer ist, und dass sie deswegen immer noch dicker werden.

Also haben wir im Schein der Taschenlampe unsere Rucksäcke von unten bis oben durchwühlt, detektivisch gründlich, und plötzlich sind ein paar Eier aus dem Rucksack vom Stofi gerollt. Der Chrissy hat sich sofort darauf gestürzt, aber da hat der Stofi geschrien: „Stopp! Das ist nichts zum Essen! Das sind Leuchtkugeln!“ Auch ein so unbegabter Detektiv wie der Stofi hat manchmal recht, vor allem, wenn er über Informationen verfügt, die andere nicht haben. Die Eier waren eben keine Eier, sondern Taschenlampen in Eierform. Und anscheinend hat er sie von seinem Taschengeld im Lagerhaus gekauft: „5 zum Preis von 3“, hat er stolz verkündet. Eigentlich haben sie ausgeschaut wie riesengroße Glühwürmchen.

Jedenfalls waren wir eine Zeitlang richtig beduselt von diesen Leuchtkugeln. Manchmal hat man so ein ähnliches Gefühl, wenn jetzt, sagen wir einmal, mehr als die Hälfte der Ferien schon vorbei ist, und es ist immer noch kein Abenteuer passiert, kein Nachtspaziergang ohne Erwachsene, kein Riesenraubzug im Erdbeerfeld und kein tolles Mädchen weit und breit. Man hockt irgendwo allein hinter einem Strauch und döst vor sich hin. Dann ist es eben einfach nur fad, und total sinnlos irgendwie. Ich hätte nie gedacht, dass einem das inmitten des größten Abenteuers aller Zeiten passieren könnte, aber so ähnlich ist es uns ergangen mit den Leuchtkugeln. Alle sind immer stiller und stiller geworden, nicht wegen der Angst, sondern mehr so wie in der Kirche, wo es heißt: Jetzt gehen wir ein wenig in uns und hören, was uns der Herrgott zu sagen hat.

Und irgendwann hat die kleine Schwester vom Stofi leise zu kichern angefangen. Zuerst hat sie noch versucht, es runterzuschlucken wie in der Kirche, wo ja auch strengstes Lachverbot geherrscht hat. Unter den Ministranten haben wir ein Spiel gehabt, wo wir uns gegenseitig zum Lachen gebracht haben mit Grimassen und so weiter. Da hat man aufpassen müssen, dass einen der Pfarrer nicht erwischt hat und vor allem nicht der dicke Mesner, der immer gesagt hat: „Ich sperre euch eine Woche lang in die Sakristei ein, wenn euch ein Lacher auskommt!" Das wäre die reinste Kinderfolter gewesen, und außerdem wäre man da ziemlich sicher am Weihrauchgeruch erstickt. Der Mesner selber hätte es vielleicht überlebt, der hat ja immer das Weihrauchfass geschwungen bei den Hochämtern, dem hat der Geruch rein gar nichts anhaben können. Wenn er beim Fassschwingen erst einmal so richtig in Fahrt gekommen ist, hat das manchmal ausgeschaut wie im ärgsten Bud-Spencer-Film. Er war ungefähr gleich dick wie Bud Spencer, und dann hat er das Fass wie ein Lasso vor seinem Riesenbauch hin und her geschwungen, und der Rauch hat ihn eingenebelt, wie wenn er stundenlang seine Colts abgefeuert hätte. Wer da nicht automatisch zum Lachen angefangen hat, war einfach kein normaler Mensch. Da haben wir überhaupt keine einzige Grimasse schneiden müssen, und trotzdem hat es die ganze Ministrantenschar gebeutelt vor Lachen. Manchmal habe ich richtig Angst gekriegt, dass ihm das Weihrauchfass aus der Hand rutscht beim Schwingen und dann in die Luft fliegt wie eine Silvesterrakete. Das waren überhaupt die Sachen, wegen denen wir so gern in die Kirche gegangen sind, die Kerzen und der Rauch und alles. Als Ministrant warst du noch viel näher dran, und je älter du geworden bist, desto mehr hast du mitmachen dürfen bei der Beleuchtung und Beräucherung. Nur das mit dem Lachen war auch den größeren Ministranten strengstens verboten.

Das alles ist mir eingefallen, weil die kleine Schwester vom Stofi jetzt so komisch gezittert hat, dass man gewusst hat: Gleich kommt der Lachanfall. Bevor sie endgültig explodiert ist, hat sie ihre Leuchtkugel genommen und sich in den Mund gesteckt. Dann ist sie aufgestanden und hat Bewegungen gemacht wie das reinste Gespenst. Und ich muss sagen, dass das wirklich lustig ausgeschaut hat. Ehrlich gesagt hat es auch ein bisschen zum Fürchten ausgeschaut. Der Nebel war nämlich schon so dicht, dass man von der Kleinen gar nichts mehr gesehen hat, nur eben diese Leuchtkugel, die sie im Mund gehabt hat. Das hat uns schon fertig gemacht, dass ausgerechnet sie es war, die damit angefangen hat. Normalerweise ist es unter Buben Ehrensache, dass man komplett ignoriert, was von einem Mädchen kommt, noch dazu von einem jüngeren. Aber oft haben wir auch vollkommen darauf vergessen, dass sie ein Mädchen war. Sie war vorne noch komplett flach, nicht die Spur einer Wölbung, doch eigentlich war sie schon sehr fesch, im Gegensatz zum Stofi mit seinem Pferdegesicht. Da hat es die Schwester deutlich besser erwischt, weil da haben die feinen Züge der Mutter mehr durchgeschlagen, beim Busen halt noch nicht, aber dafür war ja auch noch Zeit. Jedenfalls hat sie uns eigentlich sehr gefallen, und die anderen Buben haben auch oft ein bisschen eifersüchtig hergeschaut. Natürlich haben sie Witze gerissen, dass wir uns ein Weib halten und so, doch da haben wir jeden zur Rede gestellt und, wenn Reden nichts geholfen hat, mit den Fäusten nachgeholfen. Sie war eben auch ein bisschen die Schwester von uns allen.

Obwohl wir uns manchmal schon vorstellen haben können, dass sie auch gut zum Heiraten wäre, sobald bei ihr einmal der Busen zu wachsen und bei uns der Bart zu sprießen beginnen würde. Da haben wir uns einerseits schon darauf gefreut und andererseits davor gefürchtet. Wir haben ja von den Erwachsenen her gewusst, wie schlimm das enden kann, wenn zum Beispiel zwei Männer um eine Frau streiten oder die Frau dann eigentlich einen ganz anderen gern hat, von dem die beiden wiederum überhaupt nichts wissen und so weiter. Deswegen haben wir einen heiligen blutsbrüderlichen Beschluss gefasst. Darin haben wir festgelegt, dass der Stofi seine Schwester a) ausschließlich einem seiner Blutsbrüder zur Frau geben wird und dass der Glückliche b) durch Losentscheid ermittelt wird und alle Beteiligten sich verpflichten, sich eisern und lebenslänglich an das Ergebnis zu halten.

Jedenfalls haben wir es jetzt alle der Kleinen gleichgetan und die Leuchtkugel in den Mund genommen und dabei die komischsten Bewegungen mit dem Kopf gemacht. Der Chrissy hat sich gar nicht mehr eingekriegt, dafür ist ihm auch innerhalb kürzester Zeit ordentlich schwindlig geworden. Da hat er sich dann wieder ein bisschen beruhigen müssen, sonst hätte es ihn wohl ordentlich auf die Schnauze gelegt, und am Ende hätte er die Kugel noch verschluckt. Jedenfalls war er der Erste, der die Leuchtkugel wieder ausgespuckt hat. Dabei hat er gekeucht wie das ärgste Walross. Und als er endlich wieder genug Luft zum Reden hatte, hat er geschrien: „Das ist die reinste Alien-Disco!" Daraufhin haben wir gleich noch einmal die ärgsten Kopfbewegungen gemacht, bis uns so schwindlig war, dass wir kaum mehr stehen konnten.

6

Wenn allein entscheiden schon schwer ist, um wie viel schwerer ist es erst gemeinsam! Das fängt bei der Familie an und geht bis in die höchste Weltpolitik. Da hat es dann auch oft Krieg gegeben. Aber so weit wollten wir es nicht kommen lassen, und deshalb haben wir unsere Indianerköpfe zusammengesteckt und erst einmal beraten, wie wir jetzt am besten und schnellsten wieder aus dem Wald finden. „Am besten, wir bleiben zusammen", hat der Stofi gesagt. „Am besten, wir teilen uns auf", hat wiederum der Chrissy gesagt. „Wir haben ja jetzt jeder eine Lampe, mit der wir uns Zeichen geben können." „Bei dem Nebel, bist du verrückt!", hat der Stofi zurückgebellt. „Da verlieren wir uns nach zehn Metern alle aus den Augen." So ist es eine Weile hin und her gegangen, und am Ende wollte der Chrissy wieder eine Münze werfen, ob wir jetzt zusammenbleiben oder uns aufteilen sollen.

Normalerweise war ja der Chrissy der, dem ständig der Kragen geplatzt ist, und wir waren eher die Vernünftigen, aber wenn der Kragen zufällig einmal uns geplatzt ist, dann gleich richtig. Und da haben mein Bruder und ich nicht sprechen müssen, ein oder zwei Blicke haben genügt. Wir haben dem Chrissy die Münze abgenommen und sie mit ordentlichem Karacho in den Nebel geschossen. Wir Brüder sind immer schon für den Frieden zuständig gewesen, und da hat man halt manchmal auch zu härteren Mitteln greifen müssen. Wobei: Der Stofi und der Chrissy waren zwar wie Katz und Maus, aber sicher nicht wie der Ami und der Russe. Der Opa hat uns erklärt, dass da ein Gleichgewicht ist zwischen den Raketen vom Ami und vom Russen, aber dass das eben ein schreckliches Gleichgewicht ist, wo jeden Augenblick etwas passieren kann, und dann liegt die Welt in Trümmern. Drum hat man auch immer sagen müssen: „Drück nicht auf den Knopf", wenn jemand nach Amerika geflogen ist. Nach Russland ist eigentlich nie jemand geflogen, jedenfalls nicht, dass ich mich erinnern könnte. Als ich noch kleiner war, habe ich jedes Mal einen rot leuchtenden Knopf vor mir gesehen, wenn jemand nach Amerika geflogen ist, und einen Finger, der auf den Knopf drückt, so wie man schnell einmal das Licht im Kinderzimmer aufdreht und – bumm! – die Welt damit in Schutt und Asche legt. Jedenfalls zwischen dem Stofi und dem Chrissy war eben auch immer ein Gleichgewicht, das man halten musste, egal ob mit Wurstsemmeln oder langwierigen Verhandlungen. Drum haben die anderen immer gesagt: „Die Politiker kommen", wenn sie uns gesehen haben.

Und mitten in das Schweigen hinein hat plötzlich die Schwester vom Stofi gesagt: „Da steht jemand." Wir haben sofort unsere Kugeln gezückt und sind ihrem Lichtstrahl gefolgt. Da sind wir uns schon ein bisschen vorgekommen wie die Jedi-Ritter mit dem Zauberschwert. In dem Film „Krieg der Sterne" hat es nämlich auch so einen Kampf wie zwischen Amis und Russen gegeben, nur eben im Weltall. Das haben wir oft im Garten nachgespielt, und da wollte nie einer die Rolle des Bösen haben. Jedenfalls hat die Gestalt ein bisschen wie der schwarze Ritter ausgeschaut. Bewegt hat sie sich nicht, und deshalb waren wir besonders auf der Hut. Der Stofi und der Chrissy haben sich von vorn angepirscht und wir über die Flanken. Gerade vor drei Minuten haben wir noch gestritten, und jetzt waren wir schon wieder der ärgste Indianerstamm. Wenn die Erwachsenen einmal zerstritten sind, dann ordentlich und praktisch lebenslang. Da dürfen nicht einmal die Kinder miteinander spielen, geschweige denn heiraten. Und wenn sie es doch tun, dann gibt es erst recht Mord und Totschlag, wie zum Beispiel bei Romeo und Julia aus dem anderen Theaterstück, das ich neulich gesehen habe.

Romeo hin, Julia her, die Gestalt hat sich immer noch keinen Millimeter bewegt. Und dann hat der Stofi auch noch einen kurzen Schrei ausgestoßen, wo wir schon gedacht haben, er ist von einem tödlichen Strahl getroffen worden. Umgefallen ist er aber nicht, sondern einfach nur stocksteif dagestanden, wie wenn ihn irgendein Zauberer versteinert hätte. Nur mit seiner Leuchtkugel hat er ein bisschen gefuchtelt. „Schau an, schau an“, hat der Chrissy geflüstert. „Der schaut ja aus wie meiner.“ Und wirklich ist da ein Totenschädel gelegen, genau so einer, wie ihn der Chrissy seit unserem Besuch auf der Burg in seinem Rucksack mitgeschleppt hat. Wie wir mit dem Strahl unserer Leuchtkugeln ein bisschen weitergesucht haben, sind wir auf noch einen und noch einen und noch einen Schädel gestoßen. Und das Merkwürdige war: Sie sind nicht einfach irgendwie herumgelegen, sondern feinsäuberlich in einem Halbkreis angeordnet gewesen. Und dann haben wir auch noch die Zeichen bemerkt, die auf den Schädeln zu finden waren. Und die sind uns eigentlich gar nicht mehr merkwürdig vorgekommen. „Scheiß mich an, die Wilden waren da", hat der Chrissy gesagt, und im nächsten Augenblick hat man schon seine Zähne klappern gehört. Dann hat er auch noch wie wild mit seiner Leuchtkugel herumgefuchtelt. Im Leuchtstrahl hat auf einmal wieder die Gestalt aufgeleuchtet, die wir wegen den Schädeln beinahe vergessen hätten.

Das Strahlen hat jetzt nicht und nicht aufgehört und ist auch nicht mehr nur von vorn, sondern von allen Seiten gekommen. Es war kein normales Taschenlampenstrahlen und schon gar kein Sonnenstrahlen, sondern eben ein Strahlen, so wie man es sonst nur in der Kirche sieht, wenn irgendetwas besonders Wunderbares verkündet wird. Die schwarze Madonna vom Moor hat gestrahlt und gestrahlt, und da haben wir mit einem Mal gewusst, was zu tun ist, und zwar ohne ein einziges gesprochenes Wort: Wir haben uns hingekniet, unsere Köpfe gesenkt und zu beten begonnen. Das heißt, so richtig gebetet haben eigentlich nur mein Bruder und ich und die kleine Schwester vom Stofi. Die anderen beiden waren ja nicht unbedingt die großen Vorbeter, aber immerhin haben sie jetzt eine halbwegs ordentliche Kniebeuge hingekriegt.

„Solange du betest, kann dir nichts passieren“, hat unsere Oma immer gesagt. Wobei wir gewusst haben: Es gibt solches Beten und solches Beten. Wenn man zum Beispiel die Wilden gefragt hätte, was sie mit ihren Schädeln im Burgverlies so treiben, dann hätten sie gesagt: „Wir beten den Teufel an, was sonst?“ Das war eben genau nicht das Beten, das unsere Oma gemeint hat. Und deswegen haben wir uns jetzt besonders konzentriert, damit wir mit unseren Gebeten nicht an den Teufel geraten. „Heilige Madonna vom Moor, bitte für uns Sünder“ und so weiter haben wir gemurmelt, genauso, wie wir es von der Oma gelernt haben. Und da hat sie erst recht gestrahlt, die Madonna unter ihrem schwarzen Schleier. Da ist sogar der Chrissy mit offenem Mund vor ihr gekniet wie der reinste Unschuldsengel.

7

Also unsere Oma hätte ein bisschen der Schlag getroffen, wenn sie die Totenschädel vor der Madonnenstatue entdeckt hätte. Andererseits hätte sie sich sicher gefreut und gesagt: „Seht ihr, Kinder, wenn ihr wirklich in Not seid, kommt die Muttergottes zu euch und nimmt euch an der Hand", oder so ähnlich. Wie wir noch kleiner waren, waren wir eigentlich auch ziemliche Madonnen-Verehrer, aber dann sind andere Schutzmächte wichtiger geworden. Mit dem Geld, das die Oma uns immer zugesteckt hat, haben wir eben auch so Sachen gekauft wie Jedi-Ritter aus Gummi.

Unsere Oma hat in der Kirche sitzen, beten und dabei eine Miene aufsetzen können, dass sich selbst der Jesus am Kreuz wie der ärgste Sünder vorgekommen ist. Da ist sogar unser Opa manchmal still geworden und hat auf den Boden geschaut, wenn die Oma ihren heiligen Blick gegen den Himmel oder auf ihn gerichtet hat. Das ist im Prinzip auch ihre allerschärfste Waffe gewesen, wenn mein Opa wieder einmal über den Pfarrer und den Papst und wer weiß noch alles geschimpft hat.

Oft haben wir nicht gewusst, wem wir recht geben sollen. Weil im Prinzip haben wir unseren Opa und unsere Oma gleich lieb gehabt. Das heißt, den Opa haben wir so geliebt und die Oma eben anders.

Das Abenteuer und die Waffen auf der einen Seite, die Mehlspeisen, Geschenke und Erzengelgebete auf der anderen. Da haben mein Bruder und ich uns manchmal aufgeteilt, im Sinn von: Du kümmerst dich um die Oma und ich um den Opa, und am Ende schauen wir, dass wir sie beide ungefähr gleich um den Finger wickeln, dann gibt es Abenteuer, Waffen, Mehlspeisen und Geschenke, alles in einem.

Trotzdem hat es uns sehr beschäftigt, dass die Oma und der Opa jeden Abend ins selbe Bett schlafen gegangen sind, und zur Oma hat sich die Muttergottes geneigt und sie sanft in den Schlaf gewogen, während der Opa einen Maria-Witz nach dem anderen gerissen hat. Wenn er aufgelacht hat wie ein Lausbub und sich ein oder zwei Mal geräuspert hat, dann hat man gewusst: Jetzt kommt ein Maria-Witz und dann ein Petrus-Witz und dann noch ziemlich viele Papst-Witze, wobei die Papst-Witze auch mit dem Bundespräsidenten oder dem Bürgermeister in der Hauptrolle sehr gut angekommen sind. Die meisten Witze haben wir nicht verstanden, aber von unserem Opa haben wir gelernt, dass es sehr darauf ankommt, wie man sie erzählt. Wo man Pausen macht zum Beispiel, wo man laut schreit oder flüstert oder sich zurücklehnt und mehr so vor sich hinmurmelt. Unser Opa ist der beste Schauspieler weit und breit, und oft haben wir uns gewünscht, dass er im Fernsehen auftritt, statt dem Heinz Conrads zum Beispiel, den haben wir überhaupt nicht lustig und auch ziemlich hässlich gefunden. Aber dann hätte der Opa jedes Wochenende nach Wien fahren müssen, und das hätte ihn schon überhaupt nicht gefreut. „Wien ist so groß, da sieht man vor lauter Häusern die Stadt nicht", hat er immer gesagt und gelacht, und da haben wir gewusst: Fernsehen kommt nicht in Frage.

Jedenfalls war die Oma die allereinzige, die es geschafft hat, auch nicht ein winziges Mal zu lachen, wenn der Opa einen von seinen Maria-Witzen erzählt hat. Und mit nicht lachen meine ich nicht das, was wir geschafft haben beim Ministrieren, wenn wir das Lachen einfach unterdrückt haben wie den ärgsten Dreikäsefurz. Und mit Dreikäsefurz meine ich wiederum nicht den Furz, den ein Dreikäsehoch lässt, wenn ihm gerade danach ist, sondern einen richtigen Furz, der so bestialisch stinkt wie die ärgsten drei Schimmelkäse zusammen. Aber die Oma musste eben kein Lachen unterdrücken, weil gar keines in ihr aufgekommen ist. Das muss man sich ungefähr so vorstellen: Der Opa sitzt im Wirtshaus und erzählt einen neuen Maria-Witz, woraufhin alle vor Lachen fast von ihren Stühlen plumpsen. Und neben dem Opa sitzt die Oma mit einem Gesichtsausdruck, wie wenn sie in der Kirche gerade eine Andacht halten würde. Kein einziger Wimpernzucker kommt ihr aus, der Maria-Witz prallt an ihr ab wie an einer Statue. Einerseits waren wir immer mächtig stolz auf unseren Witze-Opa, andererseits waren wir genauso stolz auf unsere Oma, die einen Maria-Witz nach dem anderen über sich ergehen hat lassen wie die ärgste Folter und keine Miene verzogen hat. Das haben auch die Leute bemerkt und geflüstert: „Sie sind wie Tag und Nacht, aber sie halten zusammen wie Pech und Schwefel!" Und oft haben die Leute mehr auf die Oma geschaut als auf den Opa, wenn er wieder einen Witz erzählt hat, ob ihr vielleicht nicht doch einmal ein Lachen auskommen würde.

Der Grund, warum ich das alles erzähle, war eben die Madonna vom Moor, vor der wir jetzt so inbrünstig gekniet sind. Im Prinzip haben wir gewusst: Wenn uns im tiefsten Moor noch jemand vor der Rache der Wilden beschützen kann, dann ist es die Madonna. Weil so viel war klar: Irgendwann vor nicht allzu langer Zeit müssen sie hier gewesen sein. Und das Blöde war, dass der Chrissy den Totenschädel immer noch in seinem Rucksack gehabt hat, den sie wahrscheinlich gesucht haben wie eine Stecknadel im Heuhaufen. Jedenfalls ist es Zeit geworden, ihn ein für alle Mal los zu werden, bevor uns die Wilden schnappen würden.

Schuld daran, dass hier mitten im Moor eine Madonnenstatue gestanden ist, war eigentlich der Russe. Ich meine die Sache mit den Polen, die sich vor nicht allzu langer Zeit abgespielt hat. Da war nämlich plötzlich wieder Krieg, das heißt, nicht im Sinn von Deutschland gegen Russland oder Amerika gegen Russland, sondern eben in Polen, wo anscheinend viele Leute nicht mehr auf Russland hören wollten. Da haben sie sich in einer Schiffswerft verbarrikadiert, ein Bild von der Muttergottes auf das Tor gehängt und gerufen: „Wir kommen hier nicht mehr raus, bis der Russe endlich nachhause gegangen ist!" Jedenfalls sind Tausende und Abertausende geflohen, und einige sind auch bei uns gelandet. Angeblich sind sie stunden- und tagelang gewandert, und am Ende sind sie in unserem Moor gestanden, so hat man es jedenfalls erzählt. Und da ist ihnen die Madonna erschienen, so jedenfalls hat es unsere Oma erzählt, und andere Leute auch. „Heilige Muttergottes von Tschenstochau", hat die Oma ausgerufen, „hilf deinem gläubigen Volk in dieser Stunde der Not!"

Zuerst haben wir das Wort gar nicht verstanden. Aber dann ist uns wieder eingefallen, dass die Oma einmal im Jahr gemeinsam mit vielen anderen Omas im Reisebus zu einem Wallfahrtsort gefahren ist, den auch die Muttergottes schon einmal besucht hat. Die hat sich am liebsten mit ganz einfachen Menschen unterhalten, so wenigstens hat es uns die Oma erklärt, zum Beispiel mit armen Dorfkindern in Fatima. Denen hat sie dann auch oft ein ganz wichtiges Geheimnis verraten, weil sie gewusst hat, dass es die ganz armen und unschuldigen Kinder am besten für sich behalten können. Normalerweise hätte man sich denken können, dass die Gottesmutter nur Kaisern oder Königinnen oder eben dem Papst erscheint, weil die halt in der Welt mit einem Wort oder einem Befehl irrsinnig viel bewegen können. Aber da war die Gottesmutter eben völlig anders, und daran hat man ihre Reinheit und Klugheit erkennen können, so jedenfalls hat es uns die Oma erklärt. Irgendeinem mordswichtigen Politiker ist sie zum Beispiel nie erschienen, weil die Gefahr zu groß war, dass er es dann ausnutzt und sagt: Hört zu, ich habe von der Muttergottes den Befehl erhalten, in ihrem Namen das Nachbarland zu beschießen. Das mit den Kindern war sicher die beste Lösung, es gibt einfach keine besseren Geheimnisbeschützer.

Meistens ist die Oma nach Mariazell gefahren, aber ab und zu hat sie sich auch auf weitere Reisen gewagt. Auf Marias Spuren ist sie im Bus in der ersten Reihe gesessen und hat so heilig dreingeschaut wie in der Kirche, und da haben es die anderen Omas einfach nicht mit ihr aufnehmen können. Die sind die ganze Fahrt über hinter ihr gesessen und haben geflüstert wie die Schulmädchen und die Oma grenzenlos bewundert. Einmal war sie schon in Lourdes, zweimal in Medjugorje und eben einmal in Tschenstochau in Polen. Das war auch der Grund, dass sie so böse war auf den Russen, weil er ausgerechnet dort einmarschiert ist und die Leute vertrieben hat. Jetzt haben wir aus der Bibel gewusst, dass ein ganzes Volk vertrieben wird, durch die Wüste wandern muss und sich oft nicht anders zu helfen weiß als durch die ärgsten Wunder. Da gibt es zum Beispiel die Geschichte mit dem Meer, das sich öffnet, damit das vertriebene Volk es durchqueren kann, und gleich nachher schließt es sich wieder und schluckt die Verfolger bis auf den letzten Mann. So ein bisschen haben wir uns das vorgestellt, wie die Polen aus dem Moor bei uns im Dorf aufgetaucht sind und hinter ihnen weit und breit keine Russen zu sehen waren. Vielleicht sind sie aber auch einfach mit dem Bus gekommen, so wie die Oma damals ja auch mit dem Bus rübergefahren ist nach Tschenstochau.

Wie die Polen mit ihren Koffern und den Kindern im Arm bei uns am Dorfplatz herumgestanden sind wie das vertriebene Volk Gottes und gezittert haben vor lauter Russenangst, hat keiner so recht gewusst, was jetzt passieren wird. Keiner, sage ich, nicht einmal der Bürgermeister. Und da hat die Stunde von unserer Oma geschlagen: Die hat sich ein Herz gefasst und ein Marienbildchen aus der Tasche gezogen, das sie damals aus Tschenstochau mitgenommen hat. In der anderen Hand hat sie ein Papstbildchen gehalten, weil der ist ja auch aus Polen gekommen. Und dann ist sie auf die Flüchtlinge zugegangen, langsam und mit erhobenen Händen. „Tschenstochau, Tschenstochau", hat sie immer wieder gerufen und die beiden Bilder in die Luft gehalten. Zuerst haben die Leute die Oma nur angestarrt, wie wenn sie verrückt wäre. Aber es hat nicht lange gedauert, bis es die ersten begriffen haben. „Częstochowa", haben sie geflüstert, und die Tränen sind ihnen aus den Augen geschossen. Und dann sind die Polen vor der Oma auf die Knie gefallen und haben laut zu rufen und zu singen begonnen. „Czarna Madonna", haben sie wieder und wieder geschrien, und unsere Oma ist durch sie hindurch geschritten, hat ihre Kinder geküsst und ihnen die Hände auf den Kopf gelegt, wie wir es sonst nur aus dem Fernsehen vom Papst gekannt haben. Am liebsten hätte ich den Weihwasserkessel aus der Kirche geholt, damit die Oma die Polen so richtig segnen kann, aber da wäre der Pfarrer dagegen gewesen, das darf natürlich keine Frau außer der Muttergottes persönlich.

Auch ohne Weihwasser und Weihrauch hat sich daraufhin das reinste Hochamt abgespielt. Die Oma ist zur Kirche marschiert und die Polen sind ihr gefolgt. Die anderen Leute aus unserem Dorf haben ein Spalier gebildet und geschwiegen. Und man hat gemerkt, wie stolz sie auf die Oma waren. In der Kirche ist dann stundenlang gebetet worden, und zwischen der Oma und den Polen ist es hin und her gegangen wie beim Pfingstwunder. Die Oma hat zwar kein Wort Polnisch außer „Tschenstochau" gesprochen, aber bei den Mariengebeten und Marienliedern von den Polen hat sie mitgebetet und gesungen, wie wenn sie in ihrem Leben nie etwas anderes gemacht hätte. Daraufhin ist unser Pfarrer mit dem Mesner an der Seite in die Kirche einmarschiert, und zu zweit haben sie den ganzen Raum ordentlich mit Weihrauch eingenebelt und mit dem Weihwasser um sich gespritzt, damit die Polen wussten, wer hier normalerweise das Sagen hat.

Nach Stunden sind die Polen wieder ausgezogen aus der Kirche, haben sich vor dem Tor aufgestellt und gewartet. Wie unsere Oma die Kirche verlassen hat, ist eine von den Polinnen zu ihr hingegangen und hat ganz leise auf sie eingeredet. Die Oma hat sie zuerst mit großen Augen angeschaut. Dann ist es ihr mit einem Mal wie Schuppen von den Augen gefallen wie den Emmaus-Jüngern in der Bibel: Die Polin hat auf Deutsch mit ihr gesprochen, weil sie das anscheinend vom Krieg her noch gekonnt hat. Das war vielleicht eine von den wenigen guten Sachen im Krieg, dass alle ein bisschen die Sprache von den anderen lernen mussten, vor allem wenn der Hunger gekommen ist, so hat es uns der Opa erklärt. Und dass man eben auch was von der Welt gesehen hat, zumindest vom Schützengraben aus. Aber das ist ein ganz anderes Thema, jedenfalls hat die Polin der Oma erzählt, dass sie aus der Nähe von Tschenstochau kommt, und da hättet ihr unsere Oma sehen sollen: Da hat sie ihre Freudenaugen gekriegt, die wir so geliebt haben an ihr, und dann ist sie der Polin um den Hals gefallen, wie wenn sie gerade ihre verschollene Schwester wiedergefunden hätte.

Ab da hat die Oma-Verehrung unter den Polen keine Grenzen mehr gekannt. Sie haben sie in die Höhe gehoben und zum Dorfplatz zurückgetragen wie eine Königin. Da haben wir schon ein bisschen Angst gehabt, dass sie sich vielleicht noch für eine richtige Heilige hält. Und wir waren froh, wie die Polen unsere Oma wieder auf den Boden heruntergelassen haben. Dann ist sie schnurstracks auf den Bürgermeister zu und hat zu ihm gesagt: „Wir müssen unseren armen Brüdern und Schwestern helfen!" Dem Bürgermeister ist am Ende gar nichts anderes übrig geblieben, als die Polen aufzunehmen. Sonst hätte die Oma wohl so lange gebetet, bis er vor ihr auf die Knie gesunken wäre und ihr alles, aber auch wirklich alles versprochen hätte, das könnt ihr mir glauben.

Gewohnt haben sie von da an in unserer Dorfschule. Der Turnsaal ist als Schlafsaal eingerichtet worden, und am liebsten wären wir gleich zu den Polen gezogen. Das war für uns das Schönste, wenn viele Kinder und von mir aus auch Erwachsene in einem Raum geschlafen haben, und drum haben wir sofort unsere Sachen gepackt. Da haben wir aber nicht mit den Erwachsenen gerechnet: Die haben uns vollkommen entsetzt angestarrt und uns gefragt, ob wir überhaupt noch alle Tassen im Schrank haben.

Und eigentlich haben wir uns unter einem Abenteuerlager auch was ganz anderes vorgestellt, als es dann wirklich war: Die Polen-Männer sind schweigend vor der Schule gestanden und haben die Zigaretten geraucht, die sie geschenkt bekommen haben. Die Polen-Frauen sind die meiste Zeit in der Kirche gekniet und haben gebetet, und selbst im Turnsaal haben sie nicht aufgehört zu beten. Und die Polen-Kinder haben die ganze Zeit nur still und ängstlich auf den Boden geschaut. Mit denen war nichts anzufangen, gemeinsam spielen war vollkommen ausgeschlossen, selbst bei den Sachen, wo man eigentlich gar nicht reden hat müssen, Fußball oder Mörderball zum Beispiel. Das Wort Mörderball haben wir sowieso nicht mehr erwähnen dürfen, die Lehrerin hat es uns ausdrücklich verboten, wegen dem Kriegszustand in Polen.

Aber vielleicht wäre es um des lieben Friedens willen besser gewesen, wenn wir in der Schule ab und zu ein bisschen Mörderball spielen hätten dürfen. Weil Mörderball war nicht einfach nur ein Spiel, wo man eben wie ein Mörder mit dem Ball auf die anderen geschossen hat. Es war das Spiel schlechthin, und deshalb hat es auch Wettkämpfe zwischen den Klassen gegeben. Da hat man sich gegenseitig die Bälle mit vollem Karacho überallhin geschossen, ins Gesicht, auf den Rücken, in die Magengrube, aber nachher war man wieder befreundet wie eh und je.

Und je länger nicht Mörderball gespielt worden ist, umso mehr ist geprügelt, gespuckt und überhaupt randaliert worden. Zuerst haben wir uns die Bänke, Tische und Wände vorgenommen. Dann haben wir uns gegenseitig fertiggemacht, vom Schwitzkasten über Kopfnüsse bis hin zu lupenreinster Kinderfolter. Unsere Lehrerin hat das immer gerochen, wenn es wieder so weit war, dann hat sie gerufen: „Ab in den Turnsaal, wir spielen jetzt Mörderball!“, und schon sind wir alle unten gewesen. Der Chrissy hat es besonders geliebt, weil da hat er eben diesen Vorteil gehabt, dass er dick war. Erstens hat er echt den Mörderschuss gehabt und mit großer Freude die Mädchen gejagt, und zweitens hat es ihm wegen seiner dicken Haut nichts ausgemacht, wenn er selber getroffen worden ist. Deshalb haben wir auch immer geschaut, dass wir in seiner Mannschaft sind. Wir haben uns praktisch die ganze Zeit hinter ihm versteckt, und er ist hin und her gesprungen wie der ärgste Mörder und hat einen nach dem anderen abgeschossen. So haben wir uns immer die Dorfschulmeisterschaft geholt.

Am schwierigsten war es gegen die Kinder aus Bangla Desch. Das ist eigentlich ein bitterarmes Land, noch viel ärmer als Polen und viel viel weiter weg, wo die Kinder überhaupt nichts zu essen haben. Aber auch bei uns im Dorf gibt es eine Siedlung, die Bangla

Desch heißt. Eigentlich heißt sie gar nicht so, aber die Leute nennen sie so, weil dort hässliche Hochhäuser stehen und das Trinkwasser so schlecht ist, dass sie es abkochen müssen. Das heißt, am Anfang war das so, jetzt nicht mehr, und die Kinder dort sind nicht arm, sondern nur die wildesten weit und breit. Die Burschen rauchen und trinken schon mit zehn, und die Mädchen, da will ich jetzt gar nicht zu viel erzählen, aber was man da so hört, ist eigentlich nichts für Kinderohren. Weil wir aber in einer ganz anderen Siedlung wohnen, sind wir an die Mädchen nie herangekommen, außer eben beim Mörderball. Interessiert haben sie uns natürlich schon, vor allem eine, die ungefähr so alt war wie wir und von der es geheißen hat, dass sie es schon gemacht hat. Wobei wir eigentlich nicht so genau gewusst haben, was „es" überhaupt sein soll, aber es hat unsere Gedanken ordentlich beflügelt. Und jedes Mal, wenn wir das Mädchen in der Schule auf dem Gang gesehen haben, sind wir feuerrot im Gesicht geworden, und sie ist auch feuerrot geworden und hat weggeschaut.

Sie war sicher nicht so fesch wie die Schwester vom Stofi, dafür hat es sich bei ihr vorn schon viel mehr gewölbt. Da habe ich oft tagelang an nichts anderes denken können als an dieses „es". Der Stofi und der Chrissy haben ständig blöde Bemerkungen über sie gemacht, auch wenn sie gar nicht da war, und da habe ich gewusst: Ihnen geht es genauso wie mir. Der Chrissy hat sich ständig an uns gerieben und gestöhnt und immer „Oh ja, es, es, es!" geschrien. Sogar beim Mörderballmatch hat er es geschrien, wenn er sie mit voller Wucht abgeschossen hat. Sie ist dann immer heulend hinausgerannt, und wir haben gemein gelacht. Eigentlich hätten wir sie gern ein bisschen näher kennengelernt und mit ihr über „es“ gesprochen, auch der Chrissy, aber das hätte er niemals zugegeben.

Jedenfalls wie die Polen in die Schule eingezogen sind, waren am Anfang alle von unserem Dorf noch begeistert und hilfsbereit und haben Kleidung und Decken, die sie selbst nicht mehr gebraucht haben, zur Schule gebracht. Wir Kinder haben unsere alten Spielsachen hergeschenkt, der Chrissy natürlich am allermeisten. Da waren auch einige Sachen dabei, die wir selbst gern gehabt hätten. Am liebsten wären wir zu ihm gegangen und hätten ihn zur Rede gestellt, im Sinn von: „Sind die jetzt deine besten Freunde oder wir?“, aber das ist nicht gegangen, weil wir als Enkel von unserer Polen-Oma für alle anderen Kinder ein gutes Vorbild sein mussten. So ist sie nämlich genannt worden: die Polen-Oma, obwohl sie eigentlich unsere Oma war, aber Bangla Desch war auch nicht in Bangla Desch, und trotzdem hat jeder sofort gewusst, was gemeint ist. Tag und Nacht hat die Oma für die Polen gekocht, gebetet und Spenden gesammelt. Am Anfang waren wir auch noch stolz auf sie, doch es hat sich schnell herausgestellt, dass das alles auf unsere Kosten gegangen ist: weniger Apfelstrudel, weniger Marillenknödel, weniger Geldspenden und insgesamt einfach weniger Oma. Sie hat jetzt eine Mission gehabt, und dafür hat sie fast alle ihre anderen Aufgaben geopfert. Zuerst waren die Leute beeindruckt, dann ein bisschen mitleidig, und schließlich haben die meisten die Oma so angeschaut, wie wenn sie selbst eine Polin geworden wäre. „Sie hat nur noch die Polen im Kopf!“, hat es geheißen, und im Grunde hat es auch gestimmt. Nur dass das außer unserer Familie eigentlich niemanden was angeht, ist leider nicht dazugesagt worden.

In der Schule ist es von Tag zu Tag schlimmer geworden: Fenster sind zu Bruch gegangen, Geld und Süßigkeiten gestohlen worden, überall ist der Dreck nur so herumgelegen und so weiter. Zwei geschlagene Wochen ohne Mörderball und ohne Turnsaal haben uns doch ziemlich fertiggemacht. Und irgendwann ist dieses Wort aufgetaucht, ich meine jetzt nicht Mörderball, sondern etwas viel Ärgeres: „Scheiß Polen-Oma“ ist eines Tages auf der Mauer des Turnsaals gestanden. Wir haben sofort beschlossen, es der Oma gar nicht zu erzählen, und das Wort ist auch noch am selben Tag vom Malermeister überpinselt worden. Aber zu viele Augen hatten es schon gelesen und zu viele Münder weitergetratscht. Und irgendwie ist es dann doch zur Oma gedrungen, dieses hässliche Wort.

Wer geglaubt hat, die Oma würde klein beigeben, der hat noch nie etwas von unserer Oma gehört. Sie hat schweigend ihren Mantel angezogen, ist in die Kirche marschiert und hat sich in die erste Reihe gekniet. Stundenlang hat sie ein Ave Maria nach dem anderen und sicher ein paar hundert Rosenkränze gebetet. Was genau dort passiert ist, weiß nur sie allein, aber ich glaube, sie hat eine Marienerscheinung gehabt. Jedenfalls ist sie nach vielen Stunden wieder aus der Kirche gekommen, hat sich mit erhobenen Armen auf den Kirchenplatz gestellt und gerufen: „Heilige Muttergottes, ich danke dir für deine Worte, ich weiß nun, was du von uns verlangst!“ Und dann ist sie ins Pfarrhaus einmarschiert und hat dem Pfarrer von ihrer Vision erzählt. Dass nämlich die ganze Gemeinde mitsamt den Polen eine Prozession ins Moor abhalten müsse und dass man dort gemeinsam eine Marienstatue errichten solle, damit der Friede zwischen den Völkern wieder hergestellt würde.

Der Pfarrer war zuerst gar nicht begeistert. Er hat sich übergangen gefühlt, weil die Gottesmutter nicht zu ihm persönlich gesprochen hat, sondern zu einer einfachen Frau. Andererseits hat er gewusst, dass der heiligen Jungfrau gerade die frommen Frauen sehr am Herzen gelegen sind. Und weil noch dazu der Papst ein Pole war, hat sich der Pfarrer als sein Stellvertreter vor Ort auch ein bisschen als Schutzpatron der Papst-Landsleute gefühlt und der Oma zugesagt, dass er die Prozession höchstpersönlich anführen würde. Von dieser Stunde an waren der Pfarrer und die Oma ein unzertrennliches Prozessionspaar, nur dass halt die Oma weiterhin mit dem Opa verheiratet war, und das war auch gut so. Den Pfarrer hätten wir echt nicht als Opa haben wollen, der war eben ein richtiger Pfarrer und „für rein gar nichts anderes zu gebrauchen“, so hat es jedenfalls der Opa gesagt.

Die Botschaft von der Prozession hat sich wie ein Lauffeuer verbreitet. Vor allem wir Kinder haben uns sehr darauf gefreut. Und es ist dann auch wirklich richtig hoch hergegangen, nur eben ganz anders, als die Oma und der Pfarrer sich das vorgestellt haben.

8

Ausgerechnet der Pfarrer ist am Morgen der Prozession als einziger zu spät gekommen. Da hättet ihr den Blick sehen sollen, mit dem ihn die Oma empfangen hat: Dagegen ist eine Kalter-Krieg-Rakete die reinste Friedensbotschaft gewesen. Wobei mir der Pfarrer auch ein bisschen leid getan hat. Vom Gesetz her hat er ja nicht heiraten dürfen und deshalb auch keine Frau gehabt, die ihn rechtzeitig aufwecken hätte können. Da hat es der Opa besser gehabt: Wenn er zum Beispiel am Abend einmal länger im Wirtshaus war, hat ihn die Oma am nächsten Morgen zeitig aus den Federn getrieben. Ohne Oma hätte er sicher nie und nimmer seine 53 Rehböcke geschossen, das hat er selbst zugegeben.

Normalerweise haben den Pfarrer die Kirchenglocken geweckt, aber ausgerechnet am Morgen der Prozession sind die Batterien im Kirchturm ausgefallen, und deswegen haben die Glocken geschwiegen wie sonst nur am Karfreitag. So ist der Pfarrer erst aufgewacht, wie sich die ersten Leute vor der Kirche versammelt und getratscht haben wie die Singvögel vor Sonnenaufgang. Jedenfalls ist er mit zerzausten Haaren und unrasiert direkt vom Pfarrhof in die Sakristei gestürmt und hat in aller Eile sein Prozessionsgewand übergeworfen.

Die Oma ist mit leicht geneigtem Kopf und gefalteten Händen dagestanden. Noch ehe der Pfarrer auch nur ein Wort hat sagen können, haben sich die Leute hinter ihr aufgestellt, links die Polen, rechts das Dorf. Gleich neben der Oma hat der Mesner das Weihrauchfass geschwungen. Da hat sie bald nur mehr wie eine in Rauch gehüllte Statue gewirkt, und ich muss sagen, das hat schon sehr feierlich ausgeschaut. Und der Pfarrer hat alle Mühe gehabt, die ganze Sache wieder an sich zu reißen. Wie er mit seiner krächzenden Stimme das erste Vaterunser durch die Lautsprecheranlage bellen wollte, hat man nichts gehört außer ein furchtbares Pfeifen und Quietschen. Da hat der Pfarrer dem Mesner denselben Kalter-Krieg-Raketen-Blick zugeworfen wie vorher die Oma dem Pfarrer. Wie so oft hatte der Mesner vor lauter Weihrauchfassschwingen darauf vergessen, die Batterien rechtzeitig auszuwechseln, nicht nur im Kirchturm, sondern eben auch in der Lautsprecheranlage. Der Mesner hat eine ganz klare Rangfolge gehabt: zuerst der Weihrauch, dann die Kerzen, weil diese Sachen sind schon in der Bibel gestanden, und lange nachher sind erst die Batterien gekommen.

Schließlich hat sich der Prozessionszug in Bewegung gesetzt, aber zunächst noch nicht in Richtung Moor. Draußen bei der Dorfeinfahrt hat nämlich ein Bildhauer gewohnt, den die Leute immer nur „Kauz“ genannt haben, obwohl er eigentlich ganz anders geheißen hat. Er hat auch wirklich wie der ärgste Kauz ausgeschaut, mit langen Haaren und einem Rauschebart, wo man das halbe Gesicht gar nicht gesehen hat. Wie wir noch kleiner waren, haben wir Angst gehabt und sind vor ihm davongelaufen. Der Opa hat immer gesagt: „Der tut doch nichts, der ist ein harmloser Narr!“, aber trotzdem hat es lange gedauert, bis wir uns getraut haben, an seinem Haus allein vorbeizugehen. Jedes Mal hat er gerade irgendein Holzstück bearbeitet oder bemalt. Obwohl er eine riesige Werkstatt gehabt hat, hat er am liebsten im Garten vor seinem Haus gearbeitet, außer es hat in Strömen geregnet oder so stark geschneit, dass man die Hand vor Augen nicht mehr gesehen hat. Seine Haut ist richtig verbrannt und gegerbt gewesen von der Sonne, vom Wind und vom Wetter, und drum haben wir ihn manchmal nicht Kauz, sondern „alter Seebär“ genannt. Einmal hat er es sogar gehört, wie wir ihn beim Vorbeigehen so genannt haben, und es hat ihm so gefallen, dass er uns zugerufen hat: „Na, wollt ihr nicht hereinkommen zum alten Seebären?“ Da haben wir uns aber doch ein bisschen gefürchtet und sind weitergegangen, ohne uns noch einmal umzudrehen.

Jedenfalls haben ihn alle Leute im Dorf gern gehabt, obwohl er gar nicht so war wie die anderen. Selbst unsere Oma hat gut von ihm geredet, weil er oft etwas für die Kirche geschnitzt hat. „Der Kauz ist ein Diener Gottes wie unser Pfarrer“, hat sie immer gesagt. Und drum hat sie ihn auch gebeten, die Statue der Madonna vom Moor zu schnitzen, nach dem Vorbild der Schwarzen Madonna von Tschenstochau. Der Kauz hat sofort zugestimmt. „Die Künstler müssen für den Frieden arbeiten und nicht für den Krieg", hat er gesagt und die Hand von der Oma ganz lange gedrückt.

Die nigelnagelneue Madonnen-Statue ist mitten im Garten vom Kauz gestanden, wie die Prozession dort angekommen ist. Und sie muss der Madonna von Tschenstochau so ähnlich geschaut haben, weil die Polen sich gleich vor ihr niedergekniet und gebetet haben. Der Kauz ist seelenruhig in seiner Tür gestanden und hat so getan, wie wenn ihn das alles überhaupt nichts angehen würde. Und ausgerechnet wie die Polen sich wieder ein bisschen beruhigt haben, ist der Kauz zum Pfarrer hin und hat ihn mit lauter Stimme gefragt: „Hast du eine Zigarette, Herr Pfarrer?"

Das mit dem Rauchen ist vielleicht die einzige wirkliche Sünde vom Kauz gewesen, neben dem Nicht-in-die-Kirche-Gehen, wohlgemerkt. Und dass er eben am liebsten die Zigaretten von den anderen geraucht hat. Weil er gewusst hat, dass auch der Pfarrer gern gepofelt hat und als Mann Gottes niemandem eine Bitte verwehren hat dürfen, hat er ihn angeschnorrt. Da hättet ihr sehen sollen, wie unser Pfarrer rot angelaufen ist. Natürlich hat zu diesem Zeitpunkt niemand wissen können, dass so eine Zigarette noch das Harmloseste auf der ganzen Welt war im Vergleich zu dem, was wir später noch alles erlebt haben. Und weil der Pfarrer selber auch Lust auf eine Zigarette gehabt hat, hat er sich ein Herz genommen und durch seinen priesterlichen Überwurf hindurch in seiner Hosentasche gefummelt und die Zigarettenpackung hervorgeholt. Das ist anscheinend oft so bei den Rauchern: Stundenlang können sie so tun, wie wenn sie die ärgsten Nichtraucher wären, aber wenn sie dann jemand um eine Zigarette bittet, können sie an gar nichts anderes mehr denken. Und sobald das Feuerzeug gezischt hat, hat es auch der Doktor nicht mehr ausgehalten. Wie der Blitz ist er zu den beiden nach vorne geschossen und hat sich auch eine angeflammt.

Da sind sie nun gestanden wie die heiligen drei Könige. Mehr haben auch die polnischen Männer nicht gebraucht. Das heißt, am Anfang haben sie noch ehrfürchtig auf die Statue geschaut und Angst gehabt, dass die Muttergottes ihnen ewig böse sein würde, wenn sie ausgerechnet vor ihrem Antlitz dem Laster nachgeben. Trotzdem hat es keine Minute gedauert, bis der erste sich hinter dem Rücken seiner Familie eine angezündet hat, und im Nu hat der ganze polnische Block geschlotet – fast hätte ich gesagt: auf Teufel komm raus, aber auf einer Marien-Prozession hat sich der Teufel bis jetzt noch nicht blicken lassen, jedenfalls nicht bei uns im Dorf.

Auf den Pfarrer hat das Rauchen eine besonders starke Wirkung gehabt. Mit jedem Zug ist er entspannter geworden, und zum Schluss hat er verkündet: „Das Rauchen ist ein Laster, aber im Katechismus steht, dass es seine lästerliche Wirkung einbüßt, wenn es zum Frieden und zur Verständigung unter den Völkern dient!“ Und dann hat er zum ersten Mal an diesem Tag unserer Oma einen triumphierenden Blick zugeworfen. Aber die Oma hat gar nichts getan oder gesagt, sondern nur still auf den Boden gestarrt. Da sind wir zu ihr hin und haben uns neben ihr aufgestellt. Weil da hat der Pfarrer den Katechismus noch so oft zitieren können, unsere Oma hätte er dabei lieber aus dem Spiel gelassen.

Jedenfalls sind wir stumm dagestanden wie die heilige Dreifaltigkeit. Die Polen haben sich sofort ausgekannt, wie sie uns so stehen gesehen haben, und sie haben ihre Zigaretten verstohlen ausgedrückt. Nur dem Pfarrer ist der Rauch anscheinend so in den Kopf gestiegen, dass ihn kein noch so strenger Blick von unserer Oma wieder zur Vernunft bringen hat können. Vielleicht war er auch ein bisschen benebelt von dem Weihrauch, den der Mesner die ganze Zeit in die Luft gejagt hat. Jedenfalls hat er den Mesner plötzlich mit seinem Ellbogen in den Rücken gestoßen und gerufen: „Komm, wir machen jetzt die Räucherung bei der Statue!" Da haben wir uns nur stumm angeschaut und gewusst: Jetzt ist er übergeschnappt. Ausgerechnet eine Räucherung, und das während einer Prozession! Das haben sogar wir Ministranten gewusst, dass das vollkommener Blödsinn ist. Räucherungen kommen immer erst ganz zum Schluss, weil sonst die Wirkung im Nullkommanichts verpufft! Jedenfalls hat der Mesner fast einen Herzinfarkt gekriegt, und das nicht nur wegen dem Rückenstoß. Der Mesner hat zwar nicht studiert wie der Pfarrer, und der Katechismus ist sicher auch nicht als Bettlektüre auf seinem Nachtkästchen gelegen, aber mit dem Weihrauch hat er sich mindestens so gut ausgekannt, wenn nicht sogar besser. Ohne Mesner hätte der Pfarrer den Weihrauch nicht einmal in der Sakristei gefunden, geschweige denn anzünden können. Ohne Mesner und auch ohne Ministranten hätte der Pfarrer überhaupt keine einzige Sonntagsmesse oder ein Begräbnis oder eine Hochzeit oder Taufe oder sonst was abhalten können. Und firmen hat er sowieso nicht dürfen, da ist immer der Bischof aus der Hauptstadt angereist.

Jetzt hat den Pfarrer aber weder die Oma noch der Mesner noch irgendjemand sonst aufhalten können. Zuerst hat er endlich seine Zigarette ausgedämpft, nachdem er noch einmal ordentlich dran gezogen hat, und dann ist er schnurstracks zur Statue geschritten und hat begonnen, ein Kreuzzeichen nach dem anderen zu schlagen. Der Mesner ist ihm gar nicht mehr richtig nachgekommen, und die Weihrauchfahne aus dem Mesnerfass hat ausgeschaut wie der ärgste Fittipaldi-Auspuff-Rauch. Noch dazu, wo der Pfarrer mit vollem Karacho um die Statue herumgerannt ist und ein Ave Maria nach dem anderen gesprochen hat. Im Nu war die Statue eingehüllt wie in einen Disco-Nebel. Ausgerechnet in dem Augenblick hat sich dann auch noch der richtige Nebel auf die Prozession niedergesenkt und sich mit dem Weihrauch vermischt, und bald hat man gar nichts mehr gesehen. Weil der Nebel bei uns so häufig war, hat es für solche Fälle ein klares Kommando gegeben: „Immer dem Geräusch des Lautsprechers nach, der weist euch den Weg wie ein richtiges Nebelhorn!“ Aber weil der eben ausgerechnet an diesem Tag ausgefallen ist, hat man bald nur noch ein aufgeregtes Murmeln gehört, und der Teufel soll mich holen, wenn da auch nur ein einziges vernünftiges Ave Maria dabei gewesen ist. Mitten im ärgsten Nebel hat plötzlich ein Sternspritzer zu leuchten begonnen, und dann noch einer und noch einer und so weiter. Wir haben uns zuerst gar nicht ausgekannt, aber irgendwann haben wir es begriffen: Das Licht ist von den Polen gekommen!

Dann ist alles praktisch wie von selbst gegangen: Die größten vier von den Polenmännern haben die Statue geschultert und sich in Bewegung gesetzt. Einer von ihnen, der ein bisschen Deutsch konnte, hat den Pfarrer gefragt: „Wohin?“ Man hat nur seine Umrisse gesehen, und gehört hat man von ihm eigentlich gar nichts. Irgendwann nach ungefähr hundert Minuten hat er sich geräuspert und gesagt: „Ins Moor! Ich gehe voran!“ Da haben die Polen den Weg freigemacht, und zwei von ihnen haben den Pfarrer mit ihren Lichtern begleitet wie Ministranten. Das hat uns natürlich überhaupt nicht gefallen, denn das wäre eigentlich unsere Aufgabe gewesen, und es hat uns doppelt gewurmt, dass wir nicht von selber auf die Idee mit den Lichtern gekommen sind. Aber wer denkt schon an Sternspritzer, außer zu Weihnachten? Auch die schweigsamen Polenkinder haben strahlende Lichter in der Hand getragen. Wie die unschuldigen Kinder von Bethlehem haben sie sich hinter der Statue aufgestellt und sind losmarschiert. Das heißt, bevor sie sich in Bewegung gesetzt haben, sind sie zu uns gekommen und haben uns an der Hand genommen – immer ein Polenkind, ein Dorfkind. Die Polen haben jetzt auch beim Beten das Kommando übernommen. Ein Ave Maria nach dem anderen haben sie heruntergerattert wie ein Kirchenchor, nur eben ohne Musik.

Die Madonnenstatue ist über den Köpfen der Polen geschwebt wie ein dunkles Raumschiff. Von hinten hat es so ausgeschaut, als würde sie jeden Moment in die Lüfte aufsteigen und auf Nimmerwiedersehen im Nebel verschwinden. Je näher wir dem Moor gekommen sind, desto mehr hat sich alles aufgelöst. Die Polen-Kinder neben uns haben weiter fleißig Ave Marias gemurmelt. Da hat man sich schon vorstellen können, dass endlich Frieden ist auf der Welt. Dass sich alle verstehen, obwohl jeder eine andere Sprache spricht. Wie damals beim allerersten Pfingsten, als unser Pfarrer sicher noch nicht einmal auf der Welt war.

Das Problem bei der Prozession ist aber gewesen, dass im Nebel praktisch alles drunter und drüber gegangen ist, weil die Erwachsenen die einfachsten Blutsbrüderregeln nicht eingehalten haben. Da hat es die einen gegeben, die gesagt haben: „Am besten, wir drehen um und gehen gleich ins Wirtshaus, und die Polen sollen ihre Madonna allein ins Moor tragen!" Und dann hat es die anderen gegeben, die gesagt haben: „Das kommt nicht in Frage, da gehen uns die Polen noch verloren, und wer weiß, vielleicht bricht dann erst recht wieder ein Krieg aus wegen ihnen!" Das war, glaube ich, wegen der Nationalhymne von den Polen, die sehr feierlich war, und wo man aber auch gewusst hat: Wenn Polen einmal verloren ist, dann ist es mit der Welt auch nicht mehr weit her. Deswegen ist ja auch ein Pole zum Papst gewählt worden, damit eben die Welt nicht untergeht, so jedenfalls hat es uns die Oma erklärt.

Jedenfalls ist es schnell vorbei gewesen mit der Feierlichkeit. Wie der ärgste Hühnerhaufen sind die Leute plötzlich umhergeirrt und haben nicht mehr vor und schon gar nicht zurück gewusst. Und die Polen haben Angst gekriegt, weil sie nichts verstanden haben. Jetzt hätte wirklich irgendwann einmal die Muttergottes erscheinen und einen Wink geben können, wohin die Reise gehen soll. Aber in diesem Punkt ist die Muttergottes nicht anders gewesen als die übrigen Erwachsenen: Meist scharwenzeln sie den lieben langen Tag um uns herum, aber wenn man sie einmal wirklich braucht, sind sie plötzlich wie vom Erdboden verschluckt. Da kann man noch so viel schreien: Sie tauchen erst wieder auf, wenn die Sache längst gelaufen ist. Im Ernstfall kann man sich einzig und allein auf seine Blutsbrüder verlassen, und so war es auch bei der Prozession. Da haben wir mit dem Chrissy und dem Stofi eine Kette gebildet, falls ihr wisst, was das ist, und falls nicht, erkläre ich es kurz: Da hakt man sich unter und marschiert im Gleichschritt, wie beim Militär, zuerst rechter Fuß vor, dann linker Fuß vor, und so weiter, sonst reißt die Kette im Nullkommanichts. Und so sind wir der Prozession gefolgt, und zwar dem Teil, der eben nicht ins Wirtshaus abgebogen oder gleich nachhause gegangen ist. Da sind eigentlich nur mehr die Polen und ihre Kinder dabei gewesen und ganz vorne der Pfarrer und der Mesner. Die Polenkinder sind ein bisschen von uns weggerückt. Vielleicht haben sie geglaubt, wir sind wie die Russen, weil wir so streng marschiert sind, jedenfalls waren wir schnell direkt hinter der Statue. Die erwachsenen Polen haben weiterhin ein Ave Maria nach dem anderen gebetet, bis – ja – bis der ganze Prozessionszug mit einem Ruck stehen geblieben ist. Wir haben natürlich geglaubt, dass wir endlich dort angekommen sind, wo die Statue aufgestellt werden soll. Da wollten wir unbedingt dabei sein, das war ja eigentlich unsere Ministrantenpflicht, dass wir dem Pfarrer den Weihwasserkessel halten, wenn er die Statue einweiht. Der Pfarrer ist ganz vorne gestanden, flankiert von seinen beiden polnischen Fackelträgern. Nur hat er weder gesegnet noch gebetet, sondern ist regungslos dagestanden, mit einem total gebannten Blick. Und wie wir seinem Blick gefolgt sind, haben wir verstanden, warum es unserem Pfarrer dermaßen die Sprache verschlagen hat.

Weil mit der Sprache ist es ganz ähnlich wie mit einem Erwachsenen: Wenn du sie am dringendsten brauchst, ist sie am weitesten weg. Zum Beispiel in der Schule bei Prüfungen, oder wenn man einkaufen geschickt wird, und es fällt einem ums Verrecken keine Ausrede ein, oder wenn ein anderes Kind besonders frech ist und man würde gern die beste Antwort der Welt darauf geben und so weiter. Und nun stellt euch Folgendes vor: Ihr seid zum Beispiel schon die längste Zeit im Moor unterwegs, und der Nebel wird immer ärger, und ihr denkt die ganze Zeit: Wenn nur endlich die Muttergottes erscheinen und uns den Weg weisen würde – und plötzlich steht oder sitzt oder liegt sie tatsächlich vor euch!

Andererseits: Das ist eben bis heute die Streitfrage, ob es wirklich die Muttergottes gewesen ist. Aber so ist es bei allen Erscheinungen, die einen sagen: hundertprozentig, und die anderen: todsicher nicht. Wenn ihr unseren Pfarrer fragen würdet, dann würdet ihr nichts anderes hören als: Sie war es, ich schwöre es bei Gott, dem Allmächtigen, und lauter solche Sprüche. Und ich kann ihn verstehen: Da bist du dein ganzes Leben Pfarrer, weil das eben der Beruf ist, den du gelernt hast, und erzählst den Menschen jeden Sonntag von der Muttergottes und ihrer Barmherzigkeit und Güte, und dann gehst du einmal in deinem Leben mit den Polen ins Moor, und schon steht sie leibhaftig vor dir. Als ob das nicht genug wäre, liegt in ihren Armen auch noch ihr leibhaftiger Sohn, unser Herr Jesus Christus. Jedenfalls hat es im Nebel genauso ausgesehen, wie man es von diesen Bildern in der Kirche kennt, wo sie den Jesus gerade vom Kreuz heruntergenommen und ihn der Muttergottes in den Schoß gelegt haben. Und dann sind auch noch die Polen auf die Knie gesunken und haben wieder zu beten begonnen, fast hätte ich gesagt: auf Teufel komm raus, ich weiß auch nicht, wieso mir der ständig unterkommt, wo ich doch eigentlich von etwas Heiligem berichte.

Das heißt, so heilig war es ganz und gar nicht, wie es zunächst ausgeschaut hat, jedenfalls nicht lange. Weil zuerst ist nämlich der Jesus aufgestanden und dann die Muttergottes. Und dann haben sie sich angeschaut und gelacht und sind so schnell verschwunden, wie sie aufgetaucht sind.

„Das waren zwei von den Wilden beim Schmusen, ich schwöre es euch", hat der Chrissy gesagt. „Blödsinn, das war die kleine Bangla Descherin, die es schon einmal gemacht hat, und der Jesus war einer von den Polen! Ich habe sie genau erkannt", hat der Stofi gerufen. „Blödsinn", hat der Chrissy geantwortet, „nur weil du an keine andere denken kannst!" Und gleich hat er wieder begonnen, sich am Stofi zu reiben und wie der ärgste Hengst zu stöhnen. Ich muss sagen: Von der Größe her hat der Stofi recht gehabt. Es hätte durchaus die kleine Bangla Descherin sein können. Aber vom Lachen her: nie und nimmer. Und außerdem ist das Moor eben das Revier von den Wilden gewesen, und wer weiß, was sie da sonst noch alles getrieben haben.

Jedenfalls sind sie auf und davon, und plötzlich ist unsere Oma vor uns aufgetaucht, wo wir uns schon die ganze Zeit gefragt haben, wo sie ist. Aber darauf hätten wir eigentlich wetten können: keine Marienerscheinung ohne Oma in der ersten Reihe! Und sie ist es dann auch gewesen, die den Pfarrer und die Polen wieder beruhigt hat. „Die heilige Muttergottes ist ein sehr scheues Wesen, deshalb erscheint sie niemals mehr als drei Menschen gleichzeitig", hat sie mit fester Stimme gesagt. Da haben wir uns schon gewundert, dass das unsere Oma weiß und der Pfarrer nicht, obwohl er doch eigentlich studiert und ungefähr zehnmal am Tag irgendetwas aus dem Katechismus zitiert hat. Aber was hilft dir der dickste Katechismus, wenn du nicht einmal eine richtige von einer falschen Marienerscheinung unterscheiden kannst? Weil der Pfarrer eben der Pfarrer war, hat er sich am Ende doch noch durchgesetzt: Wie ein Feldherr hat er den Polen gedeutet, dass sie die Statue genau dort aufstellen sollen, wo man die Erscheinung gesehen hat. Und weil sie schon müde waren vom Tragen, haben sie schließlich getan, was er wollte. Dann haben sie sich noch einmal hingekniet, gebetet und sind langsam wieder Richtung Dorf gezogen.

Wir haben einander geschworen, niemandem auch nur ein Sterbenswörtchen von dem zu erzählen, was wir gesehen haben. Trotzdem hat es nicht lange gedauert, bis im Dorf die wildesten Gerüchte zu hören waren über das, was bei der Prozession alles geschehen war. Das hat uns doch sehr geärgert. Und es hat wieder einmal bewiesen, dass die Leute am liebsten über das reden, wo sie gar nicht dabei waren. Jedenfalls waren die Polen nach der Prozession noch mehr unten durch als vorher. Sobald irgendwo einer aufgetaucht ist, haben die Leute schon die Straßenseite gewechselt oder sie angeschnauzt, dass sie heimgehen sollen. Die Stimmung ist fast so gewesen wie nach dem Krieg mit dem Russen, wo es ständig geheißen hat: „Ab nach Sibirien!“

Jedenfalls haben sich die Polen kaum mehr auf die Straße getraut, außer zum Rauchen natürlich. Am Abend haben sie sich vor der Turnhalle aufgestellt und sind betend und singend ins Moor gezogen, und das wirklich jeden Tag. Das hat eigentlich jedes Mal sehr feierlich ausgesehen. Nur wie sie zurückgekommen sind, hat es nicht mehr so schön ausgeschaut. Da haben wir oft gesagt: „Schau, die Zombies kommen!“ Und es hat wirklich ein bisschen so gewirkt, wie wenn leichenblasse Gestalten von einem Friedhof zum nächsten wanken würden.

9

An all das mussten wir wieder denken, wie wir vor der Madonna gekniet sind. Und daran, wie froh alle gewesen sind, als die Polen endlich weitergezogen sind. Da hat es geheißen, dass die einen in die große Stadt gegangen sind, und die anderen nach Amerika, weil das ein viel, viel größeres Land war und der Ami auch immer gerne Leute aufgenommen hat. „Die Vereinigten Staaten sind ein junges Land, und deshalb brauchen sie dort ständig frisches Blut", hat unsere Lehrerin gesagt, wie die Polen endlich weg waren, und wir haben den Satz in unsere Schulhefte geschrieben und auswendig gelernt. „Die Polen sind arme Leute, und wir haben getan, was wir konnten. Aber sie passen halt nicht zu uns", so hat man jetzt die Leute reden gehört. Bis dann beim Wirt irgendwann einmal der Doktor gerufen hat: „Kümmern wir uns lieber um Bangla Desch!" Zuerst haben ihn alle nur groß angeschaut und geglaubt, er ist verrückt geworden. Bis sie dann endlich kapiert haben, was er meint. Daraufhin haben sie sich alle wie wild zugeprostet und geschrien: „Kümmern wir uns um unser armes kleines Bangla Desch!" Aber es hat nicht lange gedauert, bis man auch im Wirtshaus wieder die ärgsten Witze über unsere Bangla Descher gerissen hat.

Alle sind froh gewesen, nur unsere Oma nicht. „Von den Polen hätten wir das Beten wieder lernen können“, hat sie gesagt und dabei so ernst geschaut, dass niemand auch nur einen Mucks gemacht hat. Nachdem die Polen weg waren, hat es auch wirklich ein paar Frauen gegeben, die einmal in der Woche mit der Oma zur Schwarzen Madonna gepilgert sind. Dort haben sie Rosenkränze bis zum Umfallen gebetet und auch sehr schönen Blumenschmuck mitgebracht. Wir sind mitgegangen, weil es so feierlich war, aber auch aus einem anderen Grund. Die Sache mit der falschen oder vielleicht doch richtigen Marienerscheinung hat uns eben nicht losgelassen, und außerdem haben wir gehofft, dass sie uns doch noch einmal erscheint, und diesmal vielleicht noch leichter bekleidet oder so. Das hat unsere Oma natürlich nicht wissen dürfen, aber die war so mit dem Beten beschäftigt, dass sie praktisch ein paar Zentimeter über der Erde geschwebt ist und erst wieder den Boden berührt hat, wenn wir wieder ins Dorf zurückgekommen sind.

Aber schon bald hat die eine Frau eine Ausrede gehabt und die andere hat wieder einen anderen Grund gefunden, damit sie nicht mit der Oma zur Schwarzen Madonna pilgern müssen. Zuerst hat es die Oma schweigend zur Kenntnis genommen, aber irgendwann ist ihr der Kragen geplatzt, und sie hat verkündet: „Von nun an werde ich allein zur Schwarzen Madonna pilgern. Das ist wohl das Beste für alle!“ Das haben alle sofort verstanden, und erleichtert waren sie natürlich auch. Nur der Opa war eigentlich überhaupt nicht begeistert, wegen dem gefährlichen Moor, und da wollte er unbedingt, dass zumindest wir unsere Oma begleiten. Aber sie hat nur die Hände gefaltet, die Augen zum Himmel gerichtet und geseufzt: „Lass, Vater, ich weiß, was ich zu tun habe!" Da hat sich auch der Opa nichts mehr zu sagen getraut.

Drum war es jetzt eigentlich das erste Mal seit der Polenzeit, dass wir wieder vor der Madonna gekniet sind. Und ich muss sagen, dass es sehr besinnlich gewesen wäre, wenn da nicht diese bemalten Totenschädel gelegen wären. So gesehen wäre es wohl das Beste gewesen, wenn wir uns gleich neben der Madonna in die Erde eingebuddelt und gewartet hätten, dass uns vielleicht doch noch rechtzeitig jemand findet, bevor uns die Wilden erwischen. Jedenfalls war klar: Beten ist das eine, eine zündende Idee oder ein guter Plan aber etwas ganz anderes. Wobei unsere Oma natürlich immer darauf bestanden hat, dass ihr gerade beim Beten die besten Eingebungen gekommen sind. Und ganz besonders gut hat es anscheinend bei der Schwarzen Madonna im Moor geklappt, von der sie regelmäßig mit einem Heiligenschein zurückgekommen ist. Das hätten wir uns jetzt auch gewünscht, aber vielleicht hat die Muttergottes gespürt, dass wir immer ein bisschen mehr an die Wilden gedacht haben als an sie. Jedenfalls haben wir ungefähr hundert Stunden geschwiegen und sind ständig zusammengezuckt, wenn wieder irgendein Ast geknackst oder ein Vogel geschrien hat.

Und ausgerechnet wie das Schweigen vollkommen unerträglich geworden ist, hat der Stofi zum Chrissy gesagt: „Vielleicht solltest du den Schädel einfach zu den anderen legen, und dann hauen wir ab." „Spinnst du", hat der Chrissy gezischt. „Wenn sie ihn finden, wissen sie, dass wir hier waren, und dann suchen sie uns erst recht." Jedenfalls ist der Stofi jetzt aufgesprungen und hat geschrien: „Dann schlepp ihn doch alleine durch das Moor, deinen Schädel!" Und noch ehe der Chrissy auch nur mit der Wimper zucken konnte, war der Stofi schon beim Rucksack und hat den Schädel herausgerissen. Und dann hat er etwas gemacht, was wir ihm nie zugetraut hätten, obwohl wir dem Stofi so ziemlich alles zugetraut haben, was wir uns vorstellen konnten, wenn er einmal so richtig in Fahrt war: Er hat den Schädel in die Luft geworfen und ihn wie ein Tormann beim Ausschuss mit dem Fuß in den Nebel gejagt. Der Schädel ist wie eine Rakete in die Luft geflogen, haarscharf an der Schwarzen Madonna vorbei, und kurz darauf haben wir einen Knall gehört, wo wir gewusst haben: Volltreffer, versenkt. Ich muss sagen, dass das ziemlich super ausgeschaut hat. Aber es hat auch furchtbar weh getan, weil der Stofi hat sich jetzt schreiend auf dem Moosboden gewälzt. Zuerst wollten wir ihn mit Gutzureden beruhigen, aber das hat nicht wirklich funktioniert. Dann haben wir versucht, ihn ein bisschen zum Schweigen zu bringen, damit er uns durch sein Geschrei nicht verrät. Aber er hat jeden von uns in die Hand gebissen, der es gewagt hat, ihm den Mund zuzuhalten. Und sowieso ist jetzt alles drunter und drüber gegangen, weil der Chrissy auch noch die wirklich gute Idee gehabt hat, im ärgsten Nebel nach seinem Schädel zu suchen. Da hat einmal hier und dann wieder dort eine Leuchtkugel aufgeblinkt wie ein Glühwürmchen, aber ansonsten hat man vom dicken Chrissy rein gar nichts gesehen. Nur die Schwester vom Stofi ist weiter steif und starr vor der Schwarzen Madonna gekniet und hat gebetet oder jedenfalls so getan, als würde sie beten. Und plötzlich hat es hinter der Madonnenstatue geraschelt. Wie aus dem Nichts ist ein kleiner Geist mit Kapuze hervorgekrochen und auf uns zugekommen. Wie er nur mehr einen Meter von uns entfernt war, hat er die Kapuze mit einem Schwung zurückgeschlagen. Und, was soll ich sagen: Da ist die kleine Bangla Descherin vor uns gestanden, wirklich und leibhaftig. Nur dass wir es eben noch immer nicht geglaubt haben, obwohl wir ihr mit unseren Leuchtkugeln mitten ins Gesicht gestrahlt haben und eigentlich kein Zweifel mehr möglich war. „Hört endlich auf mit den Lampen", hat sie ganz leise gesagt. Und ich muss sagen, dass ich mir ihre Stimme genauso zart und leise vorgestellt habe, nur dass sie in meinen Träumen meist etwas anderes gesagt hat als jetzt. Zum Beispiel: „Du, ich wollte immer schon mit dir reden", oder: „Du bist viel netter als dein dicker Freund, der mich beim Mörderball immer abschießt", so etwas in der Richtung halt.

„Was macht ihr hier eigentlich?", hat sie uns gefragt, und da hat sie gleich einmal ein kleines Wunder bewirkt: Der Stofi hat endlich zu schreien aufgehört.

Und nicht nur das: Er ist praktisch aufgesprungen und hat sich zu uns gesellt, um das Wunder mit eigenen Augen zu bestaunen. Und dann ist aus dem Nebel auch noch der Chrissy aufgetaucht, den jetzt die kleine Bangla Descherin offenbar auch viel mehr interessiert hat als sein verschollener Totenschädel. Hat gerade noch gefehlt, dass er zu stöhnen und sich an der Kleinen zu reiben beginnen würde. Wir haben schon mit dem Schlimmsten gerechnet, aber dann ist es zum ungefähr hundertunddritten Mal anders gekommen, als wir gedacht haben. Der Chrissy hat nämlich die Arme verschränkt wie ein Politiker und mit grabestiefer Stimme gesagt: „Wir sind auf der Jagd nach den Wilden." Und dann hat er vollkommen lässig ein bisschen mit einem von den Totenschädeln gedribbelt. Da hat die Kleine einen Schritt nach hinten gemacht und wäre dabei fast gestolpert. Vielleicht hat sie gefürchtet, dass er sie im nächsten Augenblick mit dem Schädel abschießt wie beim Mörderball.

Natürlich war der Spruch mit der Wilden-Jagd eine glatte Lüge, weil eigentlich waren wir ja auf der Flucht vor ihnen. Aber da hätte die Kleine wohl sofort Reißaus genommen. So aber hat sie nur gestammelt: „Ihr jagt die Wilden?", und hat uns mit großen Augen angeschaut. Und wer geglaubt hat, dass der Chrissy jetzt schon fertig war mit seiner Nummer, der hat sich gründlich getäuscht. Er hat einfach nicht aufgehört damit, die Arme vor seiner Brust zu verschränken, und dann hat er mit ruhiger Stimme geantwortet: „Sicher. Und du?" Das ist überhaupt das Wichtigste bei einem

Verhör: dass man gleich einmal klar macht, wer hier die Fragen stellt. Und das hat der Chrissy gemacht wie der abgebrühteste Detektiv von Scotland Yard.

Die Kleine war jedenfalls geliefert. Sie hat nach links geschaut und nach rechts und nach unten, nur um dem stechenden Scotland-Yard-Blick vom Chrissy auszuweichen. Genützt hat das natürlich nichts, weil wir haben uns schon denken können, was sie hier zu suchen hatte. „Das geht euch nichts an“, hat sie gestammelt. „Ist uns auch egal“, hat der Chrissy sie angeblafft. Ich muss sagen, bis zu diesem Zeitpunkt bin ich sehr stolz auf den Chrissy gewesen. Aber jetzt hat man gemerkt, dass er eben nicht nur kein guter Detektiv war, sondern dass aus ihm wohl auch kein Gentleman mehr werden würde. Weil eines lernt man in der Scotland-Yard-Schule gleich am Anfang: Frauen muss man vollkommen anders verhören als Männer. Wenn man zum Beispiel von einem Mann etwas herausbekommen will, dann muss man ihm entweder Geld anbieten oder einen Revolver an die Brust setzen. Bei Frauen aber erreichst du auf diese Weise gar nichts. Die beginnen erst zu reden, wenn sie das Gefühl haben: Der Detektiv könnte mein Sohn sein oder mein Neffe oder von mir aus mein Ehemann. Dann weinen sie sich richtig aus und erzählen dir alles, bis zur letzten Kleinigkeit, die nichts zur Sache tut und die du eigentlich gar nicht wissen willst.

Jedenfalls war klar, dass der Chrissy es gründlich vermasselt hat. Wir haben ihn nur schweigend angeschaut und leicht den Kopf geschüttelt. Und ich glaube, dass er sich selber heimlich in den Arsch gebissen hat. Zugeben hat er es freilich nicht können, drum hat er sich zu uns gedreht und uns wie der ärgste Feldwebel angeschnauzt: „Abmarsch, meine Herren!" Dann ist er jedem von uns ganz nahe gekommen und hat gezwinkert wie ein Verrückter. Da haben wir gewusst: Er hat einen Plan. Deshalb haben wir uns auch gar nicht mehr nach der Kleinen umgedreht, sondern sind dem Chrissy hinterher marschiert. Es hat keine Minute gedauert, da haben wir schon leise Schritte hinter uns gehört. Und es hat wieder keine Minute gedauert, bis wir die zarte Stimme von der Kleinen gehört haben: „Wartet auf mich!"

10

Als Mädchen hast du folgenden Vorteil: Wenn du dich richtig fürchtest, darfst du es einfach sagen. Dann verdreht vielleicht der Vater oder der große Bruder die Augen und murmelt so etwas wie „Heulsuse“ in seinen Bart, aber im Prinzip ist jeder Mann glücklich, wenn er ein bisschen den Beschützer spielen darf. Und so war es jetzt auch mit der Bangla Descherin: Zuerst hat sie die Starke gespielt, aber wie wir ihr die kalte Schulter gezeigt haben, ist sie uns nachgerannt wie ein herrenloser Hund. Normalerweise ergreifen ja alle Mädchen abgesehen von Stofis Schwester sofort die Flucht, wenn sie den Chrissy kommen sehen. Das war wegen seiner Mörderball-Schusskraft, und auch sonst war er eben kein Weiber-Freund. Aber wie die Kleine jetzt gefleht und gebettelt hat: „Bitte, bitte, lasst mich mit euch gehen“, da ist sogar der Chrissy weich geworden.

Was sie im Moor verloren hat, wollte sie uns nicht verraten, dafür hat sie sich sehr für unsere Wilden-Jagd interessiert. Sie hat zum Beispiel gefragt, woher wir die Totenschädel haben. Da hat der Chrissy erklärt, dass wir die aus dem Burgverlies gestohlen und hierher gebracht hätten, um die Wilden in eine Falle zu locken. Ihm ist wirklich auf jede Frage eine super Geschichte eingefallen, und wenn wir nicht genau gewusst hätten, dass es sich dabei um glatte Lügen handelt, hätten wir sie ihm selbst geglaubt. Da haben auch wir das eine oder andere Erlebnis mit den Wilden erfunden, wo am Ende immer wir die Wilden entweder gefesselt oder splitternackt im Wald zurück gelassen haben. Dann hat der Chrissy vorgeschlagen, dass wir ein paar Szenen spielen, wie wir die Wilden fertig machen. Das war wirklich sehr lustig, und am Ende hat auch die Bangla Descherin gelacht. Ihren Namen hat sie uns auch endlich verraten: Magda – wie die beste Freundin vom Jesus in der Bibel, wenn ich mich recht erinnere.

Und ich muss zugeben, dass sie uns von Minute zu Minute sympathischer geworden ist. Obwohl sie eigentlich kaum etwas gesagt hat. Und in die Augen geschaut hat sie uns auch immer nur ganz kurz, aber dafür hat es sich jedes Mal angefuhlt wie ein kleiner Blitzschlag. Vielleicht war es, weil sie eben doch älter war als die Schwester vom Stofi, jedenfalls haben wir mehr oder weniger alles getan, um sie zum Lachen zu bringen. Wie ein kleiner Fliegenschwarm sind wir um sie herum gekreist und haben Faxen ohne Ende gemacht. Und die meiste Zeit hat sie gelächelt wie eine Prinzessin. Schließlich konnten wir gar nicht mehr glauben, dass sie wirklich aus Bangla Desch kommt. Man hört ja oft Geschichten, dass Kinder kurz nach ihrer Geburt im Krankenhaus vertauscht worden sind, und dann ist der eine als Prinz aufgewachsen und der andere als Bettler, obwohl es von der Geburt her eigentlich umgekehrt vorgesehen war. Da hat man sich auch gut vorstellen können, dass es gar nicht so auffallen würde, wenn ein Kind zufällig in Bangla Desch landen würde, obwohl es eigentlich ganz woanders hingehört hätte.

Jedenfalls hat sie uns einen nach dem anderen angeschaut und gefragt: „Warum macht ihr eigentlich Jagd auf die Wilden?“ Da haben wir gar nichts gesagt, und dann haben wir den Chrissy angeschaut. Immerhin hat er uns das Ganze eingebrockt mit seinen Geschichten. Der ist gleich rot geworden, und überhaupt war seine geniale Erfindungsgabe plötzlich wie weggezaubert. „Weil sie … weil sie eben unsere Feinde sind!“, hat er gestammelt, und seine Stimme ist dabei richtig schrill geworden. Die Bangla Descherin hat ihn ängstlich angeschaut und leise gesagt: „Weil mein Bruder ist nämlich bei den Wilden.“

Dass ausgerechnet der Bruder von der Magda bei den Wilden war, hat sie sich meiner Meinung nach überhaupt nicht verdient. Und wie ich in die Gesichter der anderen geschaut habe, war klar: Die Blutsbrüder sehen das genauso. Nur hat sich niemand von uns etwas sagen getraut, und weil auch die Kleine nichts mehr gesagt hat, sind wir ungefähr hundert Minuten dagestanden wie die Kühe auf der Weide. Irgendwann hat sich die Schwester vom Stofi ein Herz gefasst, ist zur Magda hingegangen und hat ihre Hand genommen. Jedenfalls war die Stimmung ziemlich gedrückt, wie wir weitergezogen sind. Der Chrissy ist vorneweg gegangen, aber man hat gemerkt, dass er gar nicht mehr so recht gewusst hat, wohin eigentlich. Die beiden Mädchen haben einander an der Hand gehalten, das machen Mädchen eben oft und gern. Normalerweise haben wir das superblöd gefunden, doch jetzt haben wir die Schwester vom Stofi insgeheim ein bisschen beneidet.

Plötzlich ist die Magda stehen geblieben und hat zur Schwester vom Stofi gesagt: „Ich kenne einen super Platz, den möchte ich dir zeigen!" Dann hat sie auf uns gedeutet: „Und ihnen auch, weil sie ja deine Brüder sind!" Wenn es ein ganz normaler Tag gewesen wäre, dann wäre der Chrissy jetzt vollkommen ausgerastet. Weil das natürlich überhaupt nicht geht, dass ein Mädchen das Kommando übernimmt. Abgesehen davon, dass wir nicht die Brüder von der Schwester vom Stofi waren, weil dann hätten wir sie später nicht heiraten können. Wobei wir jetzt mit der Magda immerhin eine zweite Möglichkeit zum Heiraten gehabt haben, dafür aber mit dem Stofi auch einen Anwärter mehr. Dem hätte ich es schon zugetraut, dass er sagen würde: „Einer von euch kriegt meine Schwester, sobald sie alt genug ist, dafür gehört mir die Magda!" Und weil es sich bei der vorne schon ziemlich gewölbt hat, wäre er da wohl deutlich früher zum Zug gekommen.

Aber weil eben kein ganz normaler Tag war, ist gar nichts passiert. Der Chrissy ist einfach nur mit offenem Mund dagestanden und hat durch alle hindurchgeschaut wie ein Schlafwandler. Das kennt man ja von den Größeren, dass sie sich aufführen wie die dressierten Affen, sobald ein schönes Mädchen auftaucht. Oft haben wir uns über sie lustig gemacht, und sie haben es nicht einmal mitgekriegt, weil sie in null Komma null Sekunden an der Leine von dem Mädchen hingen. Jetzt waren wir selber die Deppen, und ich muss sagen: Es war wunderschön. Wobei ich eigentlich gar nicht sagen kann, was genau so schön war. Jedenfalls hat uns die Magda mit einer Hand zu sich gewinkt, und wir sind ihr gefolgt. Dann ist sie mit der Schwester vom Stofi an der Hand vorangeschritten, und wir haben uns gefühlt wie damals auf der Prozession.

Den Weg, den die Magda eingeschlagen hat, haben wir noch nicht gekannt. Unser Moor war eben immer für eine Überraschung gut: Gerade noch bist du fast über die verdorrte Hand einer Moorleiche gestolpert, und im nächsten Moment stehst du vor der wunderschönsten Sumpfdotterblume, die du je in deinem Leben gesehen hast. Und mit dem Nebel war es ähnlich: Bis vor kurzem war er undurchdringlich wie der Eiserne Vorhang, aber allmählich hat er begonnen, sich zu heben, und plötzlich sind es nur mehr einzelne Fetzen gewesen, die wie ausgefranste Tuchenten zwischen den Sträuchern und Bäumen gehangen sind. Der Weg zum Lieblingsplatz unserer neuen Freundin hat zuerst durch ein praktisch undurchdringliches Strauchdickicht geführt. Die Kleine hat sich darin bewegt wie auf einem unschuldigen Kindergartenspaziergang. Da haben wir gewusst: Sie kennt sich im Moor mindestens so gut aus wie wir. Unser Opa hätte zwar überhaupt keine Freude gehabt, wenn er erfahren hätte, dass ausgerechnet ein Mädchen so mir nichts, dir nichts allein im Moor herumläuft wie in ihrem eigenen Kinderzimmer, aber auch er hätte zugeben müssen: Sie hätte sämtliche Indianerprüfungen ohne einen einzigen Wimpernzucker bestanden.

Nach dem Dickicht ist der Weg wieder breiter geworden und schließlich in einen Holzsteg gemündet. Dort hat sich das Gehen richtig gemütlich angefühlt. Obwohl unsere Schuhe voller Dreck waren, sind wir vollkommen leichtfüßig dahinspaziert. Ein bisschen bin ich mir vorgekommen wie dieser berühmte Sänger mit den nassen Locken, der gehen konnte, ohne dabei die Füße zu heben. Das haben wir oft ausprobiert, aber nie geschafft. Jetzt ist es auf einmal wie von selbst gegangen.

Plötzlich ist die Magda stehen geblieben, hat ihren Arm ausgestreckt und gesagt: „Da vorne ist es!“ Dort, wo sie hingezeigt hat, hat es grün-silbrig geglänzt. Das Moor hat sich jetzt wirklich alle Mühe gegeben. Die beiden Mädchen sind vorangeschwebt wie die Engel, und wir haben die würdevolle Prozession gebildet. Vor unseren Augen hat sich auf einmal ein kleiner Teich ausgedehnt, und dic Wasseroberfläche hat geglitzert wie verrückt. „Das ist … der reinste Silbersee“, hat der Chrissy gestammelt, und seine Augen haben sich in Röntgenapparate verwandelt. Er hat es nicht verbergen können, wie gierig er darauf war, den Schatz zu finden. Wir haben ihn gerade noch an seinem Rucksack festhalten können, sonst wäre er wohl in der nächsten Sekunde bäuchlings im Teich gelandet.

Vielleicht hat die Magda es in dem Moment bereut, dass sie ausgerechnet so einen Tölpel wie den Chrissy zu ihrem Lieblingsplatz geschleppt hat. Jedes Kind, egal ob Bub oder Mädchen, hat seinen geheimen Lieblingsplatz – wenn es nur eine Nische hinter dem hässlichsten Strauch im eigenen Garten ist –, und den dürfen wirklich nur ausgewählte Freunde besuchen. Da hat es oft die schlimmsten Streitereien gegeben, wenn ein Kind den Lieblingsplatz von einem anderen verraten oder gar verwüstet hat. Die großen Buben haben oft gesagt: „Ihr mit euren Lieblingsplätzen, ihr seid ja die reinsten Kindergartenbabys!" Und dann sind sie schon losgezogen und haben mit ihren Holzprügeln auf unsere geheimen Orte eingedroschen. Vielleicht hat die Magda befürchtet, dass der Chrissy anfangen würde, ihren Lieblingsplatz zu verschandeln, weil er sich gerade eingebildet hat, dass in dem Teich ein Silberschatz verborgen liegt. Jedenfalls sind ungefähr hundert Minuten vergangen, bis sie endlich gesagt hat: „Ihr müsst euch hinsetzen und ganz still sein, sonst hört ihr nichts!" Das hat sie uns nicht zweimal sagen müssen. „Und jetzt schließt die Augen!", und da haben wir natürlich an unseren Opa denken müssen, wie er uns den Wald erklärt hat. Dann hat sie gesagt: „Und jetzt legt euch ganz langsam auf den Rücken und horcht!"

Ich muss sagen, es war schnurzgemütlich, wie wir so in Reih und Glied dagelegen sind. Einer nach dem anderen ist eingeschlafen, weil der Moorboden weich war wie eine Kinderbettmatratze. Nur ich bin wach geblieben, weil mir die Magda nicht aus dem Kopf gegangen ist, die jetzt nur ein paar Meter von mir entfernt gelegen ist. Und vor allem wollte ich ganz genau hören, was sie eigentlich gemeint hat. Deshalb habe ich mich ungefähr so konzentriert wie bei der schwierigsten Rechenaufgabe, und dann habe ich es wirklich gehört: ein dumpfes Blubbern, das eindeutig aus dem Teich gekommen ist. Normalerweise hätte der Chrissy jetzt gesagt: „Wie ein richtiger Badewannenfurz!“, aber der hat genau so fest geschlafen wie alle anderen, bis auf die Magda und mich. Und obwohl sie mucksmäuschenleise war, habe ich am Rascheln erkannt, dass sie sich langsam aufgerichtet hat und aufgestanden ist. Und weil ich eben der beste Indianer aller Zeiten sein wollte, habe ich die Augen nicht aufgemacht und versucht, alles nur über die Ohren zu erkennen. Das Blubbern hat sich gleichmäßig wiederholt, genauso wie das Atmen meiner Blutsbrüder, und im Hintergrund hat ein riesiges Insektenorchester aufgespielt. Ich muss sagen, dass ich richtig zufrieden war, wie das ganze Moor sich jetzt ins Zeug gelegt hat. Und dann hat sich das Rascheln von der Magda genähert. Im ersten Schreck habe ich die Augen aufgerissen und mich aufgerichtet. Sie ist vor mir gestanden und hat mir den Finger auf die Lippen gelegt. Dann hat sie mit der Hand gedeutet, dass ich aufstehen und ihr folgen soll. Es gibt die eiserne Blutsbrüder-Regel, dass man die anderen niemals allein lassen darf, außer man ist sich ganz sicher, dass ihnen nichts passieren kann. Das hat mich in die ärgste Zwickmühle meines

Lebens gebracht: auf der einen Seite die Brüder, denen ich meine Treue auf Gedeih und Verderb geschworen habe, und auf der anderen Seite ein Mädchen, das mir deutet: „Komm und folge mir!“, wie wenn sie von der Muttergottes persönlich den Auftrag dazu gekriegt hätte. Und dann hat mir plötzlich auch noch die Stimme von meiner Oma zugeflüstert: „Geh mit dem Mädchen mit, sie hat eine wichtige Botschaft für dich!“

Die Magda hat sich bewegt wie ein Engel auf Erden. Ihre Füße haben kaum noch den Boden berührt, und um sie herum war eben dieser Glanz, wo jeder Depp gewusst hat: Das ist eine Heilige. Ausgerechnet die Magda aus Bangla Desch war plötzlich das unschuldigste Kind auf dieser Welt. Das hat mich misstrauisch gemacht, und trotzdem bin ich hinter ihr her getrottet wie ein zahmer Bär. Immer wieder hat sie sich umgedreht, gelächelt und den Zeigefinger so verführerisch gekrümmt und wieder aufgerichtet, wie das eben nur Mädchen machen in den schönsten Liebesfilmen oder vielleicht noch Hexen im Märchen. Und jedes Mal, wenn ich geglaubt habe, jetzt habe ich sie eingeholt, ist sie wieder ein paar Schritte weitergehüpft und hat dabei leise gelacht. Ich muss sagen, dass mich das geärgert hat: Da ist Wolke sieben zum Greifen nahe, und dann kommt ständig etwas dazwischen. Aber das hat man ja auch gewusst aus den Liebesfilmen und aus den Theaterstücken, dass am Anfang alles ganz leicht ausschaut, und dann müssen alle Beteiligten mindestens einmal durch die Hölle gehen vor dem ersten Kuss.

„Wohin gehen wir eigentlich?“, habe ich sie gefragt, und sie hat sich umgedreht, ein bisschen böse geschaut und den Finger auf die Lippen gelegt. Das Komische war, dass ich die ganze Zeit das Gefühl gehabt habe, dass wir eigentlich nirgendwohin gehen. Ich kann es schlecht beschreiben, aber es war, wie wenn wir uns so langsam bewegt hätten wie Schildkröten. Jedenfalls ist mir alles immer unheimlicher geworden, und da bin ich stehen geblieben und habe laut gefragt: „Stimmt es eigentlich, dass du es schon einmal ... gemacht hast?“ Mir ist es auch gleich sehr peinlich gewesen, und am liebsten hätte ich mich umgedreht und wäre weggelaufen. Stattdessen bin ich wie angewurzelt stehen geblieben und habe sie angestarrt. Und sie hat mich angestarrt, dann hat sie die Augen gesenkt und nur mehr auf den Boden gestarrt.

Nach ungefähr hundert Minuten hat sie den Kopf wieder gehoben, mich mit ihrem unwiderstehlichen Blitzschlag-Blick angeschaut und gefragt: „Hast du es ... schon einmal gemacht?“ Jetzt wollte ich nicht mehr weglaufen, sondern einfach nur auf Nimmerwiedersehen im Erdboden versinken. Meine Knie haben zu schlottern begonnen wie im sibirischen Winter, und mein Mund ist so weit offen gestanden, dass man mein Zähneklappern kilometerweit durch das Moor gehört haben muss. „Davon werden meine Blutsbrüder aufwachen“, habe ich mir gedacht, und die Gedanken sind mir jetzt rasend schnell durch den Kopf geschossen. „Sie werden kommen und uns hier finden, sie werden sofort Bescheid wissen und mich auf ewig von der Blutsbrüderschaft ausschließen", solche Dinge habe ich gedacht und einfach kein Ende mehr gefunden. Dann ist sie ganz langsam auf mich zu gekommen. Das ist der Moment in den Liebesfilmen, wo endlich alles gut wird, und danach kommt auch schon der Abspann, wo man sich immer wünscht, dass die Kamera noch ein bisschen länger filmen hätte sollen. Ihr Gesicht ist näher und näher gekommen, und ich muss sagen, dass mir schlecht vor Angst war. „Sie wird merken, dass ich keine Ahnung habe, und sie wird es überall herumerzählen, so wie wir immer herumerzählen, dass sie es schon einmal gemacht hat – das ist die Rache für unsere Gemeinheit!" Jedenfalls haben die Gedanken einfach nicht zu rasen aufgehört, und ihr kleiner Mund ist immer näher und näher gekommen, und da habe ich ihre Lippen auch schon auf den meinen gespürt, ziemlich nass war das, und es hat gekitzelt, irgendetwas hat so gekitzelt, dass ich lachen musste, es war aber kein schönes Lachen, es war überhaupt kein …

11

Also es wird ja bis heute gestritten, wer schuld ist an der Vertreibung aus dem Paradies: Eva oder die Schlange. Die einen sagen: Wenn die Schlange nicht gewesen wäre, dann … Und die anderen sagen: Ja, schon, aber wäre Eva nicht gewesen, dann, und so weiter. Die ganz besonders Gescheiten sagen: Fragen wir den Adam, der muss es wohl am besten wissen. Ich aber sage euch: Wie der Mund von der Magda praktisch in Zeitlupe auf mich zugekommen ist, bin ich mir selbst vorgekommen wie Adam, der erste Mensch. In einem solchen Zustand weißt du gar nicht mehr, wo hinten und vorne ist. Da kann der Teufel kommen und dir das schlimmste Folterwerkzeug ansetzen – bis auf ein paar Schreie wird er nichts aus dir herausbringen.

Abgesehen davon, dass dieser kleine feuchte Mund, den ich da auf den Lippen gespürt habe, gar nicht der von der Magda war. Weil es eben gar nicht sie war, die mir so einen furchtbaren Streich gespielt hat. Wie ich die Augen aufgemacht habe, bin ich wieder neben den anderen am Ufer des Silbersees gelegen, besser gesagt: noch immer, weil ich eben gar nicht wirklich fort war. Das heißt: ein bisschen schon, aber nur im Traum. Und der Mund, der mich gerade noch so verfolgt hat, war kein Mund, sondern eine Schnauze. Und die hat zu einem Hasen gehört, der in aller Seelenruhe an mir geschnuppert hat. Wobei ich gar nicht weiß, ob man bei einem Hasen von Seelenruhe sprechen kann, weil als Tier hat er ja eigentlich keine Seele. Irgendwie ist er mir aber trotzdem nicht wie ein ganz normaler Wald- und Wiesenhase vorgekommen. Es hätte mich auch gar nicht gewundert, wenn er zum Beispiel plötzlich zu sprechen begonnen hätte. Und vielleicht hätte er mir sogar die Lösung für unsere Geschichte ins Ohr geflüstert, wenn – ja, wenn der Chrissy in diesem Augenblick nicht zu kichern und zu prusten begonnen hätte. „Schaut euch den an", hat er geschrien, „der schmust mit einem Hasen!" Da habe ich erst bemerkt, dass alle um mich herumgestanden sind und mich angestarrt haben. Wie ich die Magda gesehen habe, bin ich sofort knallrot im Gesicht geworden, und sie auch, wie wenn sie genau gewusst hätte, wovon ich gerade geträumt habe.

Das Komische war, dass der Hase ganz ruhig geblieben ist. Erst hat er an meinen Haaren geschnuppert, dann an meinem Hals und an meiner Jacke. Die anderen haben gekichert wie blöd, obwohl eigentlich ich derjenige war, den der Hase ohne Ende gekitzelt hat. Aber plötzlich ist er erstarrt, wie wenn der Blitz in ihn eingeschlagen hätte. Da hat sich die Magda zu Wort gemeldet: „Ich glaube, er spürt etwas!" Und dann hat sie den Finger auf ihre Lippen gelegt, wo man gewusst hat: Sie ist eine echte 1A-Indianerin. Da habe ich ihr natürlich das mit dem Kuss und allem sofort verziehen.

Und tatsächlich war von Weitem ein leises Klappern zu hören, das näher und näher gekommen ist. Der Hase ist mit einem Satz über meinen Kopf gehüpft und durch die Beine vom Chrissy ins Gebüsch geflitzt. Da war klar: Es ist allerhöchste Zeit, den Fittipaldi-Turbo einzuschalten. Und bei der Magda hat man sofort gespürt, dass das Moor praktisch ihr zweites Zuhause ist. Sie hat auch im ärgsten Dickicht noch genau gewusst, wo sie ihren Fuß hinsetzen musste, ohne einzusinken. Kurz darauf ist auch schon der erste Wilde aufgetaucht. Wie ein alter Bauernknecht ist er dahergetrottet, mit hängendem Kopf und schlurfenden Schritten. Hinter sich hat er einen riesigen Kartoffelsack hergezogen, aber der war wohl mit etwas Schwererem gefüllt als mit Kartoffeln. Jedenfalls hat er gleich einmal eine Pause machen und sich eine Zigarette anzünden müssen. Und dann ist auch noch der verrückte Fittipaldi-Hase aus dem Gebüsch aufgetaucht, schnurzgemütlich zum Sack gehoppelt und hat daran geschnuppert. Da ist uns allen praktisch gleichzeitig das Herz in die Hose gerutscht.

Dem Hasen hat es nichts ausgemacht, sich mit einem echten Wilden anzulegen. Trotzdem wäre es uns jetzt lieber gewesen, wenn der Hase seine Schnupperstunden beendet hätte. Wir haben nämlich schon ungefähr hundert Minuten den Atem angehalten, und unsere Herzen sind immer noch in der Hose gesteckt. Der Wilde hat aber auch ungefähr hundert Minuten gebraucht, bis er den Hasen überhaupt bemerkt hat. Und dann hat er ihn angestarrt, wie es vielleicht damals in der Bibel die Eva bei der Schlange gemacht hat. Plötzlich hat der Wilde den letzten Stummel seiner Zigarette über die eigene Schulter geworfen und sich wie der ärgste Höhlenmensch auf den Hasen gestürzt. Der ist im letzten Augenblick mit einem Riesensatz ausgewichen und schnurstracks ausgerechnet auf unser Gebüsch losgerast. Kein Wunder also, dass wir nach ungefähr hundert Minuten Luftanhalten aufgeschrien haben wie der reinste Hühnerhaufen. Und ich schwöre beim Schwert des Jedi-Ritters, dass dieser fliegende Fittipaldi größer und größer geworden ist. Da ist uns nichts anderes übrig geblieben, als in sämtliche Himmels- und Windrichtungen davonzugaloppieren.

So ist das immer: Wenn man einmal angegriffen wird, hat man eigentlich schon verloren. Am besten ist, man greift selber an und stirbt vielleicht den Heldentod, aber wenigstens hat man es versucht. Von Helden war jetzt weit und breit keine Rede mehr: Wie die ärgste Mädchenhorde beim Mörderball sind wir herumgegeistert. Der Chrissy wäre beinahe endgültig im Silbersee gelandet, wenn er nicht noch gerade rechtzeitig vom Stofi am Rucksack gerissen worden wäre. Die beiden Mädchen haben einander an den Händen gehalten und wie am Spieß geschrien. Wie der Wilde uns gehört hat, ist er zu einer Salzsäule erstarrt, aber eben nur für ein paar Augenblicke. Dann hat er selbst einen Schrei losgelassen, dass die Moorsträucher nur so gerauscht haben, und ist Hals über Kopf davongerannt. Den Sack hat er liegen lassen, und vom Hasen war keine Spur mehr zu sehen, wie wir uns wieder beim Gebüsch versammelt haben. Das war eben unsere Indianergeübtheit, dass wir selbst in der ärgsten Not gewusst haben: Wenn etwas Unvorhergesehenes passiert – zuerst schauen, ob die Luft rein ist, dann zum Ausgangspunkt zurückkehren.

Nachdem sich alle wieder ein bisschen beruhigt gehabt haben, sind wir langsam auf den Sack von dem Wilden zugegangen. Wir haben mit den Schuhen vorsichtig draufgeklopft und gespürt, dass sich etwas Hartes und Unbewegliches darin befindet. Keiner hat sich recht getraut, hineinzuschauen. Nach ungefähr hundert Minuten hat der Chrissy zu grinsen begonnen. „Wollt ihr raten, was drin ist?“, hat er hämisch in die Runde gefragt. Ich muss sagen, dass das echt nicht der richtige Zeitpunkt für Ratespiele war. Ausgerechnet jetzt, wo unsere Zähne geklappert haben wie die reinsten Schreibmaschinen, hat er sich hingestellt wie der ärgste Michael Schanze und nicht mehr zu grinsen aufgehört. Und wie er noch einmal triumphierend mit seinem Schuh gegen den Sack geklopft hat, ist es uns wie Schuppen von den Ohren gefallen: „Totenschädel!“, haben wir alle fast gleichzeitig gerufen und uns im nächsten Augenblick furchtbar über unser eigenes Echo erschreckt.

Waren das womöglich die Reste von den Polen, die es doch nicht nach Amerika geschafft haben? Das hat man sich nämlich erzählt im Dorf, dass es am Ende so gewesen ist wie damals in der Bibel mit dem auserwählten Volk und dem Meer, nur diesmal eben umgekehrt. Unsere Oma hat immer einen wütenden Blick bekommen, wenn sie diese Geschichte gehört hat. „Die Polen stehen unter dem Schutz unserer Muttergottes, und wer etwas anderes sagt, begeht eine schwere Sünde", hat sie gesagt wie das Amen im Gebet. Nur ein paar böse Weiber, die eben immer neidisch auf unsere Oma waren, haben behauptet, dass nicht alle Polen so heilig waren, wie die Oma geglaubt hat. „Warum wollen sie denn nach Amerika weiterziehen, deine Polen?", hat einmal ein besonders böses Weib zu meiner Oma gesagt. „Ausgerechnet in das Land, wo die Weiber so schamlos sind, dass sie ständig halbnackt herumlaufen?"

„Wer will mir bei der Auflösung unseres heutigen Ratespaßes helfen?", hat der Chrissy geschrien. „Darf ich Fräulein Magda auf die Bühne bitten? Ich bitte um einen Applaus für das Fräulein Magda aus ... Bangla Desch!" Ich muss sagen, dass das Ganze unter normalen Umständen ziemlich lustig gewesen wäre. Der Chrissy hat sich echt ins Zeug gelegt – nur das mit Bangla Desch hätte er eben nicht sagen dürfen. Jeder im Dorf hat gewusst, dass Bangla Desch so heißt, auch die Bangla Descher haben es gewusst. Aber du hast eben zu einem aus Bangla Desch nie direkt sagen dürfen: „Du Bangla Descher!"

Zuerst ist die Magda ganz ruhig dagestanden und hat den Chrissy nur angeschaut. Dann ist sie langsam auf ihn zu und hat ihm in aller Ruhe eine Ohrfeige verpasst. Ihr habt richtig gelesen: Die kleine Magda hat dem dicken Chrissy eine gescheuert, dass es ihn richtig auf den Hintern gesetzt hat. Dann ist sie mit offenem Mund vor dem Chrissy stehen geblieben und hat abwechselnd ihn und ihre Hand angestarrt. Auch dem Chrissy ist der Mund offen gestanden. Nach ungefähr hundert Minuten hat er den Kopf geschüttelt, und das einzige, was er herausgebracht hat, war: „Tot … Tittenschädel!“

12

Tja, so ist es eben: Die eine Geschichte endet mit einem stundenlangen Abschiedskuss, die andere mit einer Ohrfeige. Das ist im Leben nicht anders als im Kino. Und ein bisschen hätte ich mir jetzt gewünscht, dass es endlich aus ist, und dann kommt der Abspann mit dramatischer Musik und allem, was dazugehört. Weil die Ohrfeige von der Magda hat uns in eine Mords-Zwickmühle gebracht: Einerseits waren wir automatisch auf der Seite unseres Blutsbruders. Andererseits hat der Chrissy es eben nicht anders verdient.

Wie dem Chrissy dieser Tittenschädel herausgerutscht ist, hat die Magda erst recht nicht geheult. Sie hat ihm einfach nur die Zunge gezeigt und sich dann umgedreht. Da hat der Chrissy gar nichts mehr gesagt. Vielleicht hat er von der Ohrfeige noch eine leichte Gehirnerschütterung gehabt, jedenfalls ist unser Super-Mörderball-Killer dagestanden mit dem ärgsten Schafgesicht, das ich jemals gesehen habe. Kein Funken Rache in seinem Blut, kein blöder Spruch auf seinen Lippen.

Die Magda hat gesagt: „Kommt, wir gehen!" Und auf der Stelle sind wir ihr gefolgt wie die reinste Ministrantenschar. Nur der Chrissy hat sich nicht gerührt. Wie ich mich zu ihm umgedreht habe, habe ich ihn mit hängenden Schultern stehen sehen. Dann hat er den Kopf in unsere Richtung gereckt und dabei nach Luft geschnappt wie ein sterbender Goldfisch. Nach ungefähr hundert Minuten hat er sich endlich in Bewegung gesetzt. Und weil der Chrissy eben der Chrissy war, hat er den Sack mit den Totenschädeln gepackt und hinter sich her geschliffen. Das hat natürlich gleich wieder ein höllisches Geklapper gegeben. Da ist mir ein komischer Gedanke gekommen: Wenn das die Magda hört, haut sie ihm gleich noch eine runter. Und dann habe ich gedacht, dass ich so einen Gedanken noch vor ungefähr einer Viertelstunde nie im Leben gehabt hätte. Und ich hätte wohl noch eine Weile so vor mich hindenken können, aber erstens war ich im Gegensatz zum Stofi kein Denker von Geburt, und zweitens war jetzt auch nicht die richtige Gelegenheit zum Vor-sich-Hindenken. Plötzlich sind mir meine Gedanken wie ein Knoten in dem unsichtbaren Gedankenkabel zwischen der Magda und dem Chrissy vorgekommen. Und da habe ich mir gedacht: Vielleicht höre ich einfach kurz zu denken auf, damit die beiden sich wieder verbünden können. Weiß der Geier, wo diese Gedanken hergekommen sind. Jedenfalls haben sie dazu geführt, dass die Magda stehen geblieben ist und gewartet hat, bis wir alle wieder zusammen waren, inklusive Chrissy samt seinem Knochensack. Geredet haben wir trotzdem nichts miteinander. Nur die Magda hat einen nach dem anderen von uns mit ihrem Blitzschlag-Blick durchbohrt. Und gerade wie sie weitergehen wollte, hat es plötzlich kurz zwischen den Sträuchern aufgeflackert. „Das war ein Feuer“, hat sich der Stofi zu Wort gemeldet. „Oder eine Taschenlampe“, hat mein Bruder gemutmaßt. Wie auf ein Kommando sind alle in die Anschleichhocke gegangen. Schon hat es wieder geflackert, und bald war klar, aus welcher Richtung das geheimnisvolle Licht kam: Wir sind schnurstracks auf die Lichtung mit der schwarzen Madonna zugesteuert. Und wie auf ein neuerliches Kommando haben wir alle den Finger auf die Lippen gelegt.

Jedenfalls habe ich jetzt überhaupt keine Angst mehr gehabt. Selbst wenn der Fittipaldi-Hase vor uns aufgetaucht wäre, hätte ich ihm bloß in die Augen geschaut und gedacht: Mir dir werden wir auch noch fertig. Es war die reinste Indianereinigkeit, die durch uns geflossen ist wie der Strom durch den elektrischen Draht, der um die Kuhweiden gebaut ist, damit die Viecher nicht davonlaufen. Wenn man sich vor so einem Draht aufstellt und ganz genau hinhorcht, dann hört man alle fünf oder zehn Sekunden so ein leises Klicken, wo man weiß: Vorsicht, der ist scharf! Genauso war es jetzt zwischen uns, ich meine, natürlich war es ganz anders. Aber ich schwöre, wenn sich uns irgendjemand genähert hätte, dann wäre er sicher vollkommen elektrisiert gewesen allein von unserem Anblick. Tick-tack-tick-tack, alle im Schleichschritt, und gehört hat uns sicher nur der Nebel. „Der Nebel schluckt alles, er ist wie ein riesiger Trichter“, hat der Opa immer gesagt, und so war es jetzt wirklich, wie wir über den weichen Moosboden geglitten sind. Obwohl er sich schon bis in die Wipfel der Sträucher zurückgezogen hatte, hat es sich trotzdem angefühlt, wie wenn er uns einschließen würde wie eine einzige riesige Bettdecke.

Vor unseren Augen hat sich das reinste Lichtgewitter abgespielt. Einmal hier, dann wieder dort, und von Weitem hat es ausgeschaut wie ein Glühwürmchenschwarm. Das Wechselspiel von Blinken, Schatten und Nebel hat gewirkt wie im ärgsten Kinofilm. Wie wir näher und näher gerückt sind, haben wir schließlich auch Geräusche gehört: Ratsch-Klack-Tack hat es gemacht, leise und trotzdem eindringlich, wo man gewusst hat: Da passiert etwas Unheimliches.

Erste Indianerregel, wenn man sich dem Unheimlichen nähert: von der Anschleichhocke in die Duckhocke, Köpfe zusammenstecken und Augen und Ohren so weit wie möglich aufsperren. Zum Glück haben wir gleich ein Gebüsch gefunden, das groß genug für uns war und nicht zu dicht, damit wir alles gut beobachten konnten. Vor uns lag die Madonnen-Lichtung, und wenn unsere Oma sie in diesem Zustand gesehen hätte, wären ihr wohl die Tränen gekommen. Der ganze Platz war hell erleuchtet von Fackeln, die auf hölzernen Pfeilern befestigt waren. Eigentlich hat der Platz die reinste Osterstimmung verbreitet. Vor der Statue war ein wahrer Schädelberg aufgetürmt. Das heißt, eigentlich handelte es sich um eine Pyramide aus Totenschädeln, die wunderschön geglänzt hat. Aus der Decke des obersten Schädels hat eine riesige Kerze geragt, wie man sie sonst nur in der Kirche sieht, und alles überstrahlt. Im Gebiss des Schädels ist eine Zigarette gesteckt, und zwischen den Schädeln haben zusammengequetschte Bierdosen hervorgeblitzt. Auf einmal hat ein Höllenlärm eingesetzt. Die Wilden sind aus allen Ecken und Enden zur Pyramide gestürmt und haben angefangen, wie wild ihre Köpfe zu schütteln. Der Lärm ist aus einem Kassettenrekorder gekommen, den einer von ihnen auf der Schulter getragen hat. Dann hat er ihn neben der Pyramide abgestellt und genauso verrückt seinen Kopf zu schleudern angefangen wie alle anderen. Aus dem Kassettenrekorder hat die ärgste Hard-Rock-Musik gedröhnt, die ich jemals in meinem Leben gehört habe. Am Anfang haben sie noch einzeln und nebeneinander getanzt, aber bald schon sind sie wie Kampfhähne aufeinander los gesprungen. Jedenfalls hat es eigentlich lustig ausgeschaut, aber eben auch unheimlich, weil man nie gewusst hat: Halten das die Schädel und Knochen aus? Und ich rede jetzt nicht von den Schädeln und Knochen der Pyramide, sondern von den lebenden.

Dann ist die Musik verstummt, und auf einen Schlag war es totenstill. Die Wilden sind zu Salzsäulen erstarrt. Wie aus dem Nichts ist neben der Pyramide eine Gestalt in einer schwarzen Kutte aufgetaucht. Sie hat ausgeschaut wie der Tod persönlich, jedenfalls habe ich ihn mir so vorgestellt. Der Kopf war unter einer Kapuze verborgen, und die Gestalt hat sich so langsam bewegt wie der reinste Zombie aus dem Horrorfilm. Nach ungefähr hundert Minuten hat sie die anderen gefragt: „Wo ist eigentlich der Rudi?“ Dann hat es noch einmal ungefähr hundert Minuten gedauert, bis endlich einer gesagt hat: „Der ist noch ein paar Schädel holen gegangen. Vielleicht hat er vor lauter Rausch den Weg nicht mehr gefunden.“ Dann hat er den lautesten Rülpser losgelassen, den ich je in meinem Leben gehört habe. Da haben wir uns echt überall zwicken müssen, damit wir nicht lauthals zu lachen beginnen. Aber eigentlich war uns gar nicht nach Lachen, seit dieser Kuttenmann aufgetaucht ist. Die anderen Wilden haben ihn angestarrt und keinen Mucks gemacht, wie wenn sie richtig Angst vor ihm gehabt hätten. Und plötzlich hat jemand neben mir geflüstert: „Das ist … mein Bruder.“ Da habe ich mich zur Seite gedreht und bemerkt, dass die Magda direkt neben mir gehockt ist und am ganzen Körper gezittert hat.

13

Jedenfalls wäre es sehr nett von der Magda gewesen, wenn sie uns vorher erzählt hätte, dass ausgerechnet ihr Bruder der Boss von den Wilden ist. Vielleicht hätten wir es uns dann noch einmal überlegt, ob wir sie wirklich so mir nichts, dir nichts in unsere Gruppe aufnehmen. Jetzt ist es für solche Diskussionen zu spät gewesen. „Wenn er mich hier findet, bringt er mich um“, hat die Magda geflüstert. Eigentlich hätte ich zurückflüstern müssen: „Was auch immer passiert, ich beschütze dich!“ Aber die guten Sprüche fallen einem nie ein, wenn man neben einem zitternden Mädchen im Moor hockt.

Hinter dem Kuttenmann ist jetzt keuchend noch einer aufgetaucht, und wie das Kerzenlicht auf sein Gesicht gefallen ist, haben wir sofort gewusst, dass wir den kennen. „Da ist er ja, der besoffene Rudi!“, hat einer von den Wilden geschrien, und alle haben begeistert gegrölt. Nur der Rudi selbst hat nicht gegrölt. Der ist einfach nur dagestanden und hat die Augen weit aufgerissen. Und wie es dann endlich wieder still geworden ist, hat er den Kuttenmann angeschaut und gestammelt: „Da sind … welche … irgendwo!“ Da ist die Grölerei erst richtig losgegangen wie ein Silvesterfeuerwerk. Alle haben ihn umringt und auf ihn eingeredet. Dass er jetzt schon Gespenster sähe vor lauter Saufen, dass er der ärgste Hosenscheißer aller Zeiten sei und solche Sachen. Der Rudi hat die anderen angestarrt, als würde er ihre Sprache gar nicht verstehen. Und plötzlich hat er ausgeschlagen wie ein Springteufel. Zuerst hat er nur mit den Armen gewedelt, wie wenn er ertrinken würde, aber dann ist er mit vollem Karacho auf die anderen losgegangen. Die haben einen Kreis um ihn herum gebildet. Jedes Mal, wenn der Rudi in einen von ihnen hineingerannt ist, hat der ihn in die Mitte des Kreises zurückgestoßen und „Hoh!" gerufen. Das hat den Rudi erst richtig zur Raserei getrieben. Er ist mit den Füßen voran auf die anderen zugesprungen, und sie sind immer im letzten Augenblick ausgewichen. Meist ist der Rudi auf dem Hintern gelandet, und wenn der Moosboden nicht so weich gewesen wäre, hätte er sich sicher sämtliche Knochen gebrochen.

Ich muss sagen, dass das super ausgeschaut hat, und eigentlich habe ich mich geärgert, dass wir noch nicht auf diese Idee gekommen sind. Jedenfalls haben die Wilden eine Supergaudi gehabt, und der Rudi ist auch fast nicht müde geworden. Nur der Kuttenmann ist reglos neben der Pyramide gestanden. Irgendwann im ärgsten Trubel hat er plötzlich dreimal laut in die Hände geklatscht. Und wie auf Knopfdruck sind die Wilden wieder zu Salzsäulen erstarrt.

Der Kuttenmann ist zwischen den Wilden auf und ab geschritten wie ein General. Dabei hat er sie nicht einmal angeschaut, sondern nur auf den Boden gestarrt. Schließlich ist er beim Rudi angekommen, der als einziger auf dem Boden gelegen ist und immer noch schwer geschnauft hat. Der Kuttenmann hat sich mit breiten Beinen über ihm aufgestellt. „Was hast du gesehen?" – „Gesehen ... habe ich nichts, nur schreien habe ich sie gehört. Ich weiß nicht einmal, ob es Menschen waren oder Tiere!" Da haben alle anderen wieder zu lachen und zu grölen begonnen und sich geschüttelt wie die ärgsten Monster. Bis der Kuttenmann wieder dreimal geklatscht hat. „Wo hast du was gehört?", hat er den Rudi gefragt. „Na, beim ... Silbersee, auf dem Weg zum Knochenacker!" Da hat der Kuttenmann sich zu den anderen gedreht und gesagt: „Na, dann werden wir mal nachschauen, wer da heute zu Besuch gekommen ist!" Und schon ist es mit dem Gegröle wieder losgegangen. Wie die ärgsten Höhlenmenschen haben sie sich jetzt aufgeführt. Sie haben sich die Fackeln geschnappt, nur jene vier rund um die Pyramide sind stehen geblieben. Den Kuttenmann haben sie in ihre Mitte genommen und sich zum Abzug aufgestellt. Der hat noch einmal in die Hände geklatscht, und sofort es wieder still geworden. Dann hat er auf den Rudi gezeigt und gesagt: „Du bleibst hier und bewachst den Platz. Und wenn irgendjemand auftaucht, pfeifst du!" Das hat er dem Rudi nicht zweimal sagen müssen. Der hat seine Finger in den Mund genommen und so laut gepfiffen, dass uns im Gebüsch die Ohren gewackelt haben.

Nach dem Abzug der Wilden ist der Rudi ungefähr hundert Minuten herumgestanden wie ein verlorenes Schaf. Irgendwann ist er auf die Pyramide zugewankt und hat die Zigarette gestibitzt, die im Kiefer des obersten Schädels eingeklemmt war. Dann ist er hinter der Pyramide verschwunden, hat einen gewaltigen Grunzer losgelassen und ist mit drei Dosen Bier zurückgekommen. Vor der Pyramide hat er es sich gemütlich gemacht und sich die Zigarette angezündet. Dann hat er die erste Bierdose aufgemacht und sie in ungefähr drei Sekunden durch seine Gurgel rinnen lassen. Gleich darauf hat er so laut gerülpst, dass wieder alles gewackelt hat. Die beiden restlichen Biere hat er im selben Tempo hinunter gestürzt wie das erste. Die leeren Dosen hat er dann in hohem Bogen in die Luft geschossen, und die eine ist knapp vor unserem Gebüsch eingeschlagen. Plötzlich ist er nach hinten auf den Moosboden gefallen, und es hat gar nicht lange gedauert, da hat man ihn auch schon laut schnarchen gehört.

Wir sind still und starr hinter dem Gebüsch gehockt und haben uns kaum einen Mucks zu machen getraut. Und plötzlich habe ich gespürt, dass meine Blutsbruder dasselbe denken. Da hat der Chrissy scheinbar ganz unschuldig in die Runde gefragt: „Was glaubt ihr, was die Wilden vorhaben?“ Und dann haben wir alle gleichzeitig die Magda angeschaut, im Sinn von: Du kannst uns alles sagen, weil irgendwann kommt sowieso alles ans Licht. Die Magda hat natürlich nichts gesagt, sondern nur auf den Boden gestarrt. Da haben wir gewusst: Es zerreißt ihr das Herz. Auf der einen Seite der Bruder, auf der anderen Seite wir, ihre neuen Freunde und Helfer. „Sie werden eine Messe feiern", hat die Magda plötzlich geflüstert. Und da haben wir gewusst: Sie ist auf unserer Seite, wir können uns wirklich hundertprozentig auf sie verlassen. „Was für eine Messe?", hat der Chrissy weitergebohrt. „Na, eine … Schädelmesse, eine Geisterbeschwörung halt." Mehr hat sie nicht gesagt, und mehr hat es auch nicht gebraucht, weil jetzt hat sowieso der Chrissy wieder das Kommando übernommen. „Na, dann helfen wir ihnen ein bisschen bei der Vorbereitung", hat er gesagt und ist aufgestanden.

So ist das eben mit Blutsbrüdern: Oft sind sie anstrengender als der ärgste Erzfeind, aber wenn es um die Wurst geht, haben sie die genialsten Ideen. Wie von der Tarantel gestochen sind wir alle aufgestanden und haben die Köpfe zusammengesteckt. Dann hat der Chrissy losgelegt: „Der Saufbold schläft so tief und fest, dass er nicht mehr weiß, wo hinten und vorne ist. Drum werden wir ihn jetzt ein bisschen schmücken!" „Schmücken? Womit?", hat der Stofi gefragt. „Ganz einfach: Wir nehmen Moosklumpen und bedecken ihn damit so, dass man nur mehr seinen Kopf sieht. Und den werden wir dann so richtig feierlich gestalten!"

Obwohl der Rudi geschnarcht hat wie ein riesiges Sägewerk, haben wir doch ein bisschen Angst gehabt, wie wir aus unserem Gebüsch hervorgekommen sind. Da hat der Chrissy einen Test gemacht: Er hat ihm von ungefähr zehn Metern Entfernung einen Moosklumpen ins Gesicht geschmissen. Der Rudi hat kurz gegrunzt, aber nicht einmal die Augen geöffnet und lauthals weiter geschnarcht. Da haben wir gewusst: Der ist mehr oder weniger bewusstlos. Und dann haben wir sofort damit begonnen, Moos zu sammeln und das Gesicht vom Rudi damit zu schmücken. Ich muss sagen, es war richtig schön anzuschauen, wie er allmählich unter einer leuchtend grünen Decke verschwunden ist. Eigentlich hätte ich gern mit ihm Platz getauscht. Die Magda hat sich zurückgehalten. Irgendwann hat sich der Chrissy vor ihr aufgepflanzt und sie angeschnauzt: „Was ist? Ist das vielleicht dein Cousin, oder was?“ Sie hat gar nichts gesagt, sondern nur mit ihrem Blitzschlagblick zurückgefunkelt. Da hat sich der Chrissy wieder getrollt und sie in Ruhe gelassen.

Vom Rudi hat man jetzt kaum mehr etwas gesehen außer seinem Gesicht. Da hat man sich richtig schön vorstellen können, wie die Ameisen und die Würmer langsam an ihm zu knabbern begonnen haben, bis am Ende nur mehr das Skelett und eben der Kopf übrig sein würden. „Wir sind noch nicht fertig“, hat der Chrissy geraunt und ist schnurstracks zur Pyramide geschlichen. Dort hat er ganz vorsichtig den obersten Schädel abgenommen und ihn langsam und feierlich neben den Kopf vom Rudi gelegt. Da haben wir endlich kapiert, was er vorhat: Wie die reinste Fittipaldi-Horde sind wir losgestartet und haben den Sack aus dem Gebüsch geholt, den der Rudi am Silbersee vor lauter Schreck vergessen hatte. Langsam und vorsichtig haben wir ihn neben ihm ausgeleert. Die fünf Schädel, die zum Vorschein gekommen sind, haben wir schließlich fein säuberlich rund um seinen Kopf verteilt. „Damit du nicht so einsam bist, Rudi“, hat der Chrissy gehaucht wie das ärgste Weib, und wir hätten uns vor lauter Lachen fast in die Hosen gemacht.

Die Magda hat die ganze Zeit in die Dunkelheit gestarrt. Irgendwo da draußen war ihr Bruder mit den Wilden unterwegs. Am liebsten wäre sie wohl davongerannt, aber das war jetzt nicht mehr möglich. Plötzlich hat man Stimmen gehört, und zwischen den Sträuchern ist wieder das Licht der Fackeln aufgetaucht. „Nichts wie weg“, hat der Stofi gezischt, und wir haben die Füße in die Hände genommen. Nur der Chrissy ist seelenruhig dagestanden und hat kommandiert: „Zurück hinters Gebüsch!“ Und nach einer kurzen Pause: „Ihr wollt euch doch diesen Triumph nicht entgehen lassen, oder?“ Auf „Eins zwei Fittipaldi“ sind wir zum Gebüsch gerast und haben mit angehaltenem Atem auf die Wilden gewartet.

Aus der Entfernung hat der Rudi wirklich wie ein wunderschöner Frischverstorbener ausgeschaut. Sein Kopf hat im Fackelschein geglänzt, sein Mund ist leicht offen gestanden, und wenn er nicht geschnarcht hätte, hätte man ihn wirklich mit einer Leiche verwechseln können.

Zwischen den Sträuchern sind jetzt wieder die Lichter und Stimmen aufgetaucht, näher gekommen und wieder verschwunden. „Die suchen uns wie die Wilden“, hat der Stofi gesagt, und da haben wir alle losprusten müssen, weil das war wirklich ein super Witz, auf den wohl auch ein Erwachsener nicht so leicht gekommen wäre. „Was machen wir eigentlich, wenn er wirklich stirbt?“, hat der Stofi plötzlich gefragt. „Ich meine, ihm könnte ja plötzlich schlecht werden, und dann würde er an seiner eigenen Kotze ersticken. Oder die Ameisen kriechen ihm überall rein und dann …“ – „Hör sofort damit auf“, hat die Schwester vom Stofi geschrien, und da haben wir ihr den Mund zuhalten müssen, bis sie sich wieder beruhigt hat. Dann hat auch noch die Magda zu zittern begonnen und nicht mehr damit aufgehört.

Bald waren laute Rülpser zu hören, dazwischen Gelächter und Schreie, sodass man gewusst hat: Die Wilden sind hier zuhause wie in ihrem eigenen Wohnzimmer. Einer nach dem anderen ist auf der Lichtung eingetroffen, und zunächst war es eine einzige Enttäuschung. Keiner von ihnen hat auch nur mit der Wimper gezuckt. Alle sind sie am Rudi vorbei hinter die Pyramide zu ihrem Bierversteck gewankt und jeweils mit einer Dose Bier zurückgekommen. Dann haben sie sich zugeprostet und gelacht und geschrien und so getan, als wäre alles wie immer. Der Rudi hat weiterhin geschlafen wie der Jesus in seinem Grab. Kein noch so lauter Rülpser hat ihn wecken können. Irgendwann nach ungefähr hundert Minuten hat ihn dann endlich einer entdeckt. Ich glaube, es war der Fußball-Fittipaldi, jedenfalls ist er mit dem Fuß an einem der Schädel angestoßen, die wir rund um den Kopf vom Rudi gelegt hatten. Zuerst hat er den Schädel unter seiner Sohle lässig hin und her gerollt, wie man es zum Beispiel macht, wenn man den Gegenspieler auf die falsche Fährte locken möchte. Dann hat er den Nächstbesten angerempelt und wie ein Verrückter auf den Rudi gedeutet. Daraufhin hat er den Rudi mit dem Fuß angestoßen, aber der hat sich immer noch nicht bewegt. Da haben beide zu schreien begonnen: „Der Rudi, der Rudi … hat sich umgebracht!"

Wenn ich nicht genau gewusst hätte, dass der Rudi noch gelebt hat, wäre ich zu ihm hingerannt und hätte ihn angeschrien: „Steh endlich auf, du Trottel!" Aber dafür war es zu spät, weil die Nachricht vom Selbstmord hat sich sofort rasend unter den Wilden verbreitet. Im Nullkommanichts sind alle rund um den Kopf vom Rudi gestanden und haben entweder geschrien oder gar nichts gesagt. Und die, die geschrien haben, sind auf der Stelle verstummt, wie ein scharfes Klatschen die Luft zerschnitten hat. Wie der reinste Pfarrer ist der Magda-Bruder-Kuttenmann an der Meute vorbei zum Kopf vom Rudi geschritten und hat sich genauso wie vorher breitbeinig über ihn gestellt – nur hat er jetzt seinen Schwanz ausgepackt und dem Rudi mitten ins Gesicht gepinkelt.

Für ungefähr hundert Minuten ist es so mucksmäuschenstill gewesen, dass man das Pinkeln vom Kuttenmann kilometerweit gehört hat. Plötzlich hat sich der Kopf vom Rudi bewegt. Da sind die Wilden ein paar Schritte zurückgewichen. Der Rudi hat geblinzelt und Grimassen geschnitten und schließlich die Augen aufgeschlagen. Etwas von der Kuttenmann-Pisse muss ihm in die Nase gestiegen oder in den Mund geronnen sein, jedenfalls ist er aus seinem Moos-Sarg ausgebrochen und hat „Pfui Teufel!“ geschrien. Ein paar Augenblicke lang ist er wie versteinert dagestanden, ehe er sich das Moos vom Leib geklopft hat. Den Kuttenmann hat er mit einem hasserfüllten Blick angeschaut. Ohne Vorwarnung ist der Rudi dann mit dem ärgsten Fittipaldi-Karacho auf den Kuttenmann zugestürmt und hat ihn umgestoßen. Dann hat er sich gleich einmal auf ihn draufgesetzt, mit den Knien die Oberarme fixiert und ihm eine Ohrfeige nach der anderen verpasst. Bei jeder einzelnen hat der Kuttenmann laut aufgestöhnt. Irgendwann haben sowohl Wut als auch Kraft beim Rudi nachgelassen, da hat er sich hochgerappelt und sich über dem Kuttenmann aufgestellt. Der ist einfach nur wimmernd dagelegen, den Kopf zur Seite gedreht. Der Rudi hat in aller Ruhe seinen Schwanz ausgepackt und dem Kuttenmann ungefähr alle Biere, die er intus hatte, auf den Kopf gepinkelt. Wie er nach hundert Minuten endlich fertig war, hat er die Hose wieder zugeknöpft, den Fußball-Fittipaldi zu sich gewinkt, ihm die Hand auf die Schulter gelegt und zu ihm gesagt: „Und jetzt du!“ Wie der Kuttenmann wieder zu wimmern begonnen hat, hat der Fittipaldi den Seinen ausgepackt und es dem Rudi nachgemacht.

Und dann war der nächste Wilde dran, und so ist es dahingegangen, bis der Moosboden rund um den Kuttenmann richtig feucht war. Schließlich ist der Rudi mit schweren Schritten zur Pyramide geschlurft, hat sich ein Bier geholt und den Kassettenrekorder eingeschaltet. Da sind wir richtig zusammengezuckt in unserem Versteck, so ein Lärm war das plötzlich. Der Rudi hat den Kassettenrekorder geschultert und einen tiefen Zug aus der Bierdose genommen. Dann hat er dem Fußball-Fittipaldi mit dem Kopf zugenickt, und wie auf Kommando sind sie losmarschiert.

Die Wilden sind nur mehr ein Häufchen Elend gewesen. Mit hängenden Schultern ist einer nach dem anderen der Musik gefolgt. Wie endlich der letzte Wilde außer Sichtweite war, ist die Magda aufgesprungen und hat geschrien: „Schnell, wir müssen ihm helfen!" Wir haben sie mit großen Augen angeschaut und uns dann gegenseitig fragende Blicke zugeworfen. „Na ... meinem Bruder", hat sie hervorgepresst. Bevor sie noch aus dem Gebüsch schlüpfen konnte, hat sich der Chrissy vor ihr aufgebaut und sie mit seinen breiten Schultern aufgehalten. „Moment mal ... Du hast doch gesagt, er bringt dich um, wenn er dich hier findet!" Da hat sie den Chrissy entsetzt angestarrt und dann hilflos in die Richtung gedeutet, wo ihr Bruder gelegen ist. „Ja, aber doch nicht in diesem Zustand!" „Zustand hin, Zustand her", hat der Chrissy geschnauzt. „Der Typ ist gemeingefährlich. Ich lass mich von ihm jedenfalls nicht anpinkeln!" „Aber vielleicht blutet er von den Schlägen", hat sie geschrien. Und da hat ihr Bruder wohl ihre Stimme erkannt. Zumindest hat er ein lautes Stöhnen von sich gegeben. „Da", hat die Magda hastig gesagt, „hörst du? Er braucht Hilfe, und zwar dalli." „Ich glaube, er braucht ein bisschen Ruhe zum Nachdenken", hat der Chrissy gesagt, und jetzt hat er wieder diesen genial fiesen Unterton in der Stimme gehabt. Ausgerechnet der Stofi hat sich neben ihm aufgebaut und nachgelegt: „Und überhaupt hat er es verdient, wie ich finde."

Da hat sich die Magda auf ihn gestürzt und ihn weggeschubst. „Geh mir aus dem Weg, du Arsch", hat sie geschrien. Dann hat sie sich noch einmal umgedreht, nämlich zu mir, und mir mit ihrem Blitzschlagblick so tief und flehend in die Augen geschaut, dass ich am liebsten für immer im Moorboden versunken wäre. „Dann komm wenigstens du mit", hat sie gebettelt. „Einen von euch brauche ich zum Tragen!" Mehr hat der Chrissy nicht gebraucht. Er ist auf mich zugekommen, hat seine Hand auf meine Schulter gelegt und gesagt: „Na, willst du deinem Weib nicht helfen? Vielleicht zeigt sie dir als Dank dafür, wie man ES macht!" In dem Augenblick hat in meinen Ohren ein reißender Wildbach zu rauschen begonnen. Ich habe nur mehr den weit aufgerissenen Mund von der Magda gesehen und gespürt, wie mein Kopf zu wackeln beginnt. Das heißt, es war kein Wackeln, sondern ein Schütteln, so wie man es eben macht, wenn man ohne Worte „Nein" sagt. Aber ich schwöre, dass nicht ich es war, der „Nein" gesagt hat, sondern wahrscheinlich ein böser Waldgeist, der mich gerade gestreift hat. Jedenfalls hat er mich geschüttelt, bis der rauschende Wildbach in meinem Ohr wieder verschwunden war. Da hat sich die Magda endgültig umgedreht, ist zu ihrem Bruder gerannt und hat versucht, ihm wieder auf die Beine zu helfen.

Wie wir so dagehockt sind und sie beobachtet haben, hat selbst der Chrissy geschwiegen. Die Magda hat ihm wohl leid getan, weil sie jetzt ihrem blöden, vollkommen angepinkelten Bruder auch noch helfen musste. Aber er war eben der Chrissy, und eines seiner Grundgesetze lautete: „Hilf niemals einem Mädchen, schon gar nicht einem aus Bangla Desch!“ Irgendwie hat sie es geschafft, ihren Bruder aufzuhieven, und ich muss sagen, es hat erbärmlich ausgeschaut, wie sie ihn gestützt hat. Beinahe wäre ich doch noch zu ihr hingerannt, Chrissy hin oder her, aber dafür ist es ohnehin zu spät gewesen.

Zuerst ist alles gespenstisch still gewesen. Man hat Lichter aufflackern sehen, wo wir zuerst gedacht haben: Das sind die Wilden mit ihren Fackeln. Aber dann sind diese Lichter näher gekommen, und da haben wir gewusst: Das sind keine Fackeln, sondern Taschenlampen. Und dann haben wir Stimmen gehört, wo wir auch gleich gewusst haben: Das sind nicht die Wilden. Das hat nämlich alles sehr militärisch geklungen, vielleicht nicht ganz so wie im Krieg, aber immerhin: Kommando – Antwort, eins-zwei-drei. Außerdem haben wir Hunde gehört, und da war vollkommen klar: große Suchaktion im Gange, Flucht ausgeschlossen.

Ganz am Ende des Krieges, wie schon mehr oder weniger alles entschieden war, hat unser Opa noch einmal richtig Glück gehabt. Da hat er sich nämlich in einem Gebüsch versteckt, irgendwo in Russland, und geglaubt, dass das eine gute Idee ist. Aber dann ist plötzlich ein russischer Panzer auf sein rettendes Gebüsch zugefahren, und da hat er sich gedacht: Vielleicht ergebe ich mich doch lieber, bevor sie mich überfahren. Und so hat er es auch gemacht: ganz langsam rauskommen, Waffe wegwerfen und Hände über den Kopf. „Das war mein Glück“, hat er immer gesagt, wenn er uns die Geschichte erzählt hat, „und eures auch, weil ohne Opa würde es euch nicht geben!“ Daran habe ich jetzt denken müssen, wie von allen Seiten die Lichtkegel und Hunde und wasweißich noch alles auf uns zugekommen sind. Ich habe meinen Bruder angeschaut, und da hat ein Blick genügt, weil er hat ja auch die Geschichte vom Opa gekannt und ziemlich sicher genau dasselbe gedacht in dem Augenblick. Jedenfalls sind wir langsam aufgestanden, haben die Hände hinter dem Kopf verschränkt und sind langsam aus unserem Versteck gekommen.

„Zug anhalten! Objekt in Sicht!“, hat plötzlich einer geschrien, und dann war es mucksmäuschenstill. Ich kann nicht mehr sagen, ob es ganz kurz war oder ganz lang, jedenfalls hat sich nichts gerührt, und wir uns eben auch nicht, ganz so, wie wir es beim Opa gelernt haben. Ein bisschen haben uns die Knie gezittert, wie der erste Staffelhund vor uns aufgetaucht ist und begonnen hat, unsere Beine zu beschnüffeln. „Ruhig bleiben, dann tut er euch nichts“, hat die Taschenlampe gesagt, die ihn begleitet hat. „Seid ihr die Kinder vom Wandertag?“, hat sie uns gefragt und uns dabei so ins Gesicht geleuchtet, dass wir die Augen zukneifen mussten. Ich habe nichts gesagt, nur genickt, und auch von meinem Bruder habe ich keinen Mucks gehört. Dann hat sich die Taschenlampe wieder vernehmen lassen. „Wir haben sie, Funkmeldung bitte weitergeben!“, hat sie geschrien. „Wo sind die anderen?“, hat sie uns gefragt, und ich habe zum Gebüsch gezeigt.

Angeblich bin ich im nächsten Augenblick ohnmächtig umgefallen. Ich glaube, es war die ganze Aufregung und alles, und da habe ich eben für ein paar Minuten vergessen, mich an alles zu erinnern. Die Taschenlampe jedenfalls hat uns aus dem Moor hinausgebracht, besser gesagt: die ganze Staffel mit Hunden und Helfern, die angeblich schon stundenlang nach uns gesucht haben. Ich muss sagen, das war fast so feierlich wie die Madonnen-Prozession, aber es wäre nicht nötig gewesen, weil niemand unser Moor so gut gekannt hat wie wir – außer der Magda vielleicht, und deshalb habe ich gehofft, dass sie auch irgendwann wieder nachhause kommt.

Überhaupt hätte ich gern mit ihr über alles gesprochen. Das Beste ist ein ordentliches Abenteuer mit Freunden, aber das Zweitbeste ist, wenn man nachher mit den Freunden stundenlang darüber reden und sich noch einmal alles erzählen kann, damit man nicht am Ende die schönsten Augenblicke vor lauter Aufregung vergisst. Mit der Magda war das anders, weil die war ja vorher nicht unsere Freundin, und nach allem, was passiert ist, hat sie wohl auch nicht mehr mit uns reden wollen.

Unseren Eltern jedenfalls haben wir von alledem nichts erzählt, auch wenn sie hundertmal danach gefragt haben. Auch die Wilden haben wir nicht verraten, aber das ist gar nicht nötig gewesen, weil die Polizei am Ende die Totenschädel bei der Schwarzen Madonna gefunden hat. Angeblich haben sie den Bruder von der Magda in Bangla Desch abgeholt und stundenlang verhört, aber herausgekommen ist dabei gar nichts. Die Magda haben wir seither nicht mehr gesehen. Vielleicht hat sie auch Hausarrest, aber im Gegensatz zu uns nicht nur drei Wochen, sondern bis sie eben kein Kind mehr ist. Vielleicht war es auch besser so, für mich zumindest, weil ich fürchte mich ehrlich gesagt vor dem Augenblick, wo ich ihr wieder begegnen werde. Allein wenn ich daran denke, läuft mein Gesicht so rot an, dass ich das ganze Moor damit ausleuchten könnte.

Ziel

Der Autor möchte sich bei folgenden Menschen für das Erst- und Testlesen des Manuskripts sowie für wertvolle Anregungen bedanken:
Georg Bydlinski, Inge Cevela, Marion Krammer, Elke Laznia, Jürgen Lenz, Ingrid Neundlinger, Klaus Neundlinger, Martina Nußbaumer, Ernst Reitermaier, Christoph Schwarz, Margarethe Szeless (mit Johannes und Lena).
Besonders gilt mein Dank der Familie Pascher, in deren wunderbarer Grazer Heimstatt ich seit Jahren als sommerlicher Schreibresident zu Gast sein darf.

Die Arbeit an diesem Buch wurde durch ein Projektstipendium der Kunstsektion des Bundeskanzleramtes sowie ein Werkstipendium der LiterarMechana unterstützt.

Bibliografische Information der Deutschen Nationalbibliothek
Die Deutsche Nationalbibliothek verzeichnet die Publikation in der Deutschen Nationalbibliografie; detaillierte bibliografische Daten sind im Internet über http://dnb.ddb.de abrufbar.

Salzburg – Wien
Lektorat: Silke Dürnberger
Gestaltung: Müry Salzmann Verlag
Druck: Theiss, St. Stefan im Lavanttal
ISBN 978-3-99014-166-3
www.muerysalzmann.at

müry salzmann

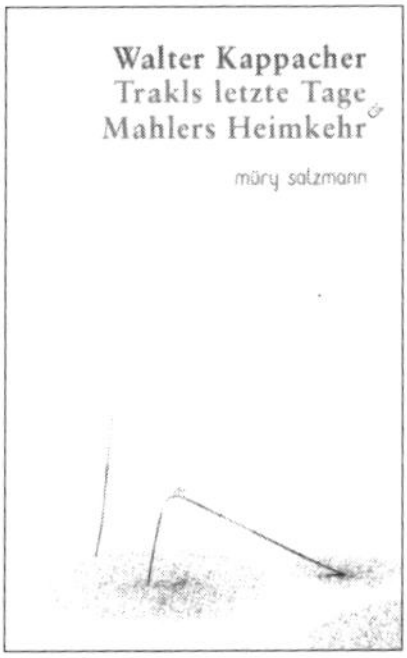

Kappachers Monolog-Erzählung ist, auch wenn in dem fiktiven Monolog Georg Trakl spricht, ein Kappacher-Text.
Hans Höller, Der Standard

ISBN 978-3-99014-104-5
96 S., EUR 19,-

Christina Maria Landerl ist eine junge Meisterin der Zurückhaltung.
Literatur und Kritik

ISBN 978-3-99014-140-3
128 S., EUR 19,-

Eine Wucht!
Wolfgang Huber-Lang, APA

ISBN 978-3-99014-129-8
288 S., EUR 24,-

www.muerysalzmann.at